# FOLIO
# JUNIOR

ISBN : 978-2-07-063032-5
Loi n° 49-956 du 16 juillet 1949
sur les publications destinées à la jeunesse
© Éditions Gallimard, 1981, pour la préface et les illustrations
© Éditions Gallimard Jeunesse, 2010, pour la présente édition
Dépôt légal : novembre 2018
1er dépôt légal dans la même collection : juin 1991
N° d'édition : 346237
Imprimé en Espagne par Novoprint (Barcelone)

# Edgar Allan Poe

# Double assassinat dans la rue Morgue

suivi de
## La Lettre volée

Illustrations de Nicole Claveloux

Traduit de l'anglais
par Charles Baudelaire

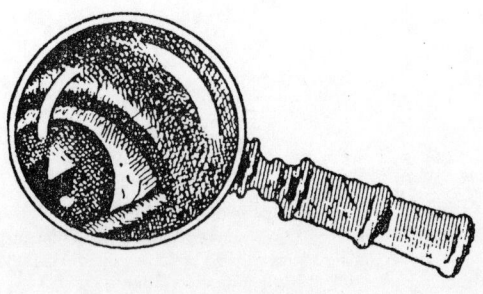

**GALLIMARD**

# Préface

« Edgar Allan Poe est mort avant-hier, mais peu de gens le regretteront... »

Ainsi commence l'article pour le moins venimeux d'un certain Griswold, paru le 9 octobre 1849 ; la mémoire d'Edgar Poe devait toujours souffrir – et particulièrement chez ses compatriotes américains – de cette nécrologie inspirée par la haine. Elle constitue, en outre, une véritable trahison puisque Griswold avait été choisi par Edgar Poe, de son vivant, comme exécuteur testamentaire. En fait de testament, Griswold ne songea qu'à nuire à la postérité de l'écrivain.

## Une fraternité du bizarre

« Il n'existe donc pas en Amérique d'ordonnance qui interdise aux chiens l'entrée des cimetières ? » s'écrie Baudelaire en songeant à Griswold dans sa préface aux *Histoires extraordinaires* traduites par lui et éditées en 1856. Nous devons en effet la connaissance de Poe et sa réhabilitation à Charles Baudelaire. Dans la préface déjà citée, il se livre à un chaleureux plaidoyer en faveur de l'écrivain américain avec lequel il se sent solidaire. Comment ne se retrouverait-il pas d'ailleurs, dans cet artiste hanté par la mort, chercheur infatigable du beau, dans cette personnalité scandaleuse et nécessaire qui se fabriqua une figure sociale de réprouvé, sacrifiant son honneur, sa réputation à la cause de la littérature ? Baudelaire se découvrait un frère outre-Atlantique, qui recherchait – et fréquentait – les formes troublantes des rêves et des cauchemars, identifiait la beauté dans les contorsions du bizarre.

**Le gain de la littérature**

La biographie de Poe, tout autant que son œuvre, a impressionné Charles Beaudelaire : la société y joue un rôle important, non comme alliée mais comme adversaire, et la littérature y trouve plus que son compte. Journaliste de formation, Poe est devenu un véritable écrivain, l'un des premiers de sa génération qui, elle-même, a fondé la littérature américaine. Ce n'est pas rien. Habitué par son métier à « faire court », il n'exerça jamais aussi bien son talent que dans les contes et les histoires brèves qui prennent parfois l'aspect d'un fait divers. Le journalisme est l'école du concis, du « ramassé », le fait divers possède ces qualités. Quand le génie s'en mêle, la rubrique des chiens écrasés se change en récit hallucinant qui, dans le cas d'Edgar Poe, subit l'implacable loi de la logique.

**Vérité ou mensonge ?**

Le récit, chez Edgar Poe, répond à des lois de stratégie littéraire. Logique, informations exactes, ou prétendues telles, propositions invraisemblables imposées par la conviction du narrateur – son habileté –, tout cela est magistralement organisé et produit de superbes effets. Poe manifesta dès son jeune âge un goût prononcé pour les sciences exactes : mathématiques et physiques. Il était cependant plus doué que véritablement savant ; ses lectures lui fournissaient plutôt des connaissances dispersées qu'une culture scientifique. Mais il utilisait judicieusement ce qu'il savait pour frapper son lecteur, emporter son adhésion ; bref, pour augmenter l'effet littéraire. L'élément scientifique est, en outre, sollicité pour imposer une « fantaisie », c'est-à-dire un produit de l'imagination. Pour la première fois, une fiction littéraire reçoit la caution de la science : alors que la France est en pleine agitation romantique, Poe annonce le roman de science-fiction et signe les premières enquêtes policières.

## Le réel et le grotesque

Chez Poe, l'intelligence « policière » autorise le narrateur à imposer une réalité improbable. Son pouvoir de déduction remonte bien au-delà de l'apparence et met à jour une mécanique criminelle ou événementielle surprenante. C'est que la psychologie, pour Edgar Poe, permet des combinaisons criminelles constamment renouvelables et révèle les abîmes de l'âme. La logique de Poe acclimate l'esprit du lecteur en l'entraînant par paliers successifs toujours plus loin dans l'irréel. Kafka se souviendra du procédé. Il importe seulement que l'écrivain manifeste une autorité sans faille sur le monde grotesque, insupportable que son imagination a pressenti.

Une telle entreprise avait de quoi effrayer ; elle défriche un territoire de l'esprit auquel les contemporains de Poe n'étaient pas préparés. Il n'est guère étonnant qu'ils se soient vengés et qu'ils aient cherché à le disqualifier. Ils voulurent ainsi exorciser son œuvre en soulignant ses passions et ses excès. Qu'il fût alcoolique, après tout, importe peu ici ; la tempérance est une catégorie de la morale privée, la littérature est une catégorie de l'art.

Nicole Jusserand

# Double assassinat dans la rue Morgue

> *Quelle chanson chantaient les Sirènes ? quel nom Achille avait-il pris, quand il se cachait parmi les femmes ? – questions embarrassantes, il est vrai, mais qui ne sont pas situées au-delà de toute conjecture.*
>
> Sir Thomas Browne

Les facultés de l'esprit qu'on définit par le terme *analytiques* sont en elles-mêmes fort peu susceptibles d'analyse. Nous ne les apprécions que par leurs résultats. Ce que nous en savons, entre autres choses, c'est qu'elles sont pour celui qui les possède à un degré extraordinaire une source de jouissances des plus vives. De même que l'homme fort se réjouit dans son aptitude physique, se complaît dans les exercices qui provoquent les muscles à l'action, de même l'analyste prend sa gloire dans cette activité spirituelle dont la fonction est de débrouiller. Il tire du plaisir même des plus triviales occasions qui mettent ses talents en jeu. Il raffole des énigmes, des rébus, des hiéroglyphes ; il déploie dans chacune des solutions une puissance de perspicacité qui, dans l'opinion vulgaire, prend un caractère surnaturel. Les résultats, habilement déduits par l'âme même et l'essence de sa méthode, ont réellement tout l'air d'une intuition.

peut-être une grande force
articulièrement de la très
i, fort improprement et
ions rétrogrades, a été
t l'analyse par excel-
pas en soi une ana-
fait fort bien l'un
cs, dans ses effets
écié. Je ne veux pas
, mais simplement mettre en
ment singulier quelques observations
à l'abandon et qui lui serviront de préface.
ends donc cette occasion de proclamer que la haute puissance de la réflexion est bien plus activement et plus profitablement exploitée par le modeste jeu de dames que par toute la laborieuse futilité des échecs. Dans ce dernier jeu où les pièces sont douées de mouvements divers et bizarres, et représentent des valeurs diverses et variées, la complexité est prise, – erreur fort commune, – pour de la profondeur. L'attention y est puissamment mise en jeu. Si elle se relâche d'un instant, on commet une erreur, d'où il résulte une perte ou une défaite. Comme les mouvements possibles sont, non seulement variés, mais inégaux en *puissance*, les chances de pareilles erreurs sont très multipliées ; et dans neuf cas sur dix, c'est le joueur le plus attentif qui gagne et non le plus habile. Dans les dames, au contraire, où le mouvement est simple dans son espèce et ne subit que peu de variations, les probabilités d'inadvertance sont beaucoup moindres, et l'attention n'étant pas absolument et entièrement accaparée, tous les avantages remportés par chacun des joueurs ne peuvent être remportés que par une perspicacité supérieure.

Pour laisser là ces abstractions, supposons un jeu de dames où la totalité des pièces soit réduite à quatre *dames*, et où naturellement il n'y ait pas lieu de s'attendre à des étourderies. Il est évident qu'ici la victoire ne peut être décidée, – les deux parties étant absolument égales, – que par une tactique habile, résultat de quelque puissant effort de l'intellect. Privé des ressources ordinaires, l'analyste entre dans l'esprit de son adversaire, s'identifie avec lui, et souvent découvre d'un seul coup d'œil l'unique moyen – un moyen quelquefois absurdement simple – de l'attirer dans une faute ou de le précipiter dans un faux calcul.

On a longtemps cité le whist pour son action sur la faculté du calcul ; et on a connu des hommes d'une haute intelligence qui semblaient y prendre un plaisir incompréhensible et dédaignaient les échecs comme un jeu frivole. En effet, il n'y a aucun jeu analogue qui fasse plus travailler la faculté de l'analyse. Le meilleur joueur d'échecs de la chrétienté ne peut guère être autre chose que le meilleur joueur d'échecs ; mais la force au whist implique la puissance de réussir dans toutes les spéculations bien autrement importantes où l'esprit lutte avec l'esprit.

Quand je dis la force, j'entends cette perfection dans le jeu qui comprend l'intelligence de tous les cas dont on peut légitimement faire son profit. Ils sont non seulement divers, mais complexes, et se dérobent souvent dans des profondeurs de la pensée absolument inaccessibles à une intelligence ordinaire.

Observer attentivement, c'est se rappeler distinctement ; et, à ce point de vue, le joueur d'échecs capable d'une attention très intense jouera fort bien au whist, puisque les règles de Hoyle, basées elles-mêmes sur le simple mécanisme du jeu, sont facilement et généralement intelligibles.

Aussi, avoir une mémoire fidèle et procéder d'après le livre sont des points qui constituent pour le vulgaire le *summum* du bien jouer. Mais c'est dans les cas situés au-delà de la règle que le talent de l'analyste se manifeste ; il fait en silence une foule d'observations et de déductions. Ses partenaires en font peut-être autant ; et la différence d'étendue dans les renseignements ainsi acquis ne gît pas tant dans la validité de la déduction que dans la qualité de l'observation. L'important, le principal est de savoir ce qu'il faut observer. Notre joueur ne se confine pas dans son jeu, et, bien que ce jeu soit l'objet actuel de son attention, il ne rejette pas pour cela les déductions qui naissent d'objets étrangers au jeu. Il examine la physionomie de son partenaire, il la compare soigneusement avec celle de chacun de ses adversaires. Il considère la manière dont chaque partenaire distribue ses cartes ; il compte souvent, grâce aux regards que laissent échapper les joueurs satisfaits, les atouts et les *honneurs*, un à un. Il note chaque mouvement de la physionomie, à mesure que le jeu marche, et recueille un capital de pensées dans les expressions variées de certitude, de surprise, de triomphe ou de mauvaise humeur. À la manière de ramasser une levée, il devine si la même personne en peut faire une autre dans la suite. Il reconnaît ce qui est joué par feinte à l'air dont c'est jeté sur la table. Une parole accidentelle, involontaire, une carte qui tombe, ou qu'on retourne par hasard, qu'on ramasse avec anxiété ou avec insouciance ; le compte des levées et l'ordre dans lequel elles sont rangées ; l'embarras, l'hésitation, la vivacité, la trépidation, – tout est pour lui symptôme, diagnostic, tout rend compte à cette perception, – intuitive en apparence, – du véritable état des choses. Quand les deux ou trois premiers tours ont été faits, il possède à fond le jeu qui est dans chaque main, et peut dès lors jouer ses cartes en parfaite connaissance de cause, comme si tous les autres joueurs avaient retourné les leurs.

La faculté d'analyse ne doit pas être confondue avec la simple ingéniosité ; car, pendant que l'analyste est nécessairement ingénieux, il arrive souvent que l'homme ingénieux est absolument incapable d'analyse. La faculté de combinaison, ou constructivité, par laquelle se manifeste généralement cette ingéniosité, et à laquelle les phrénologues – ils ont tort, selon moi – assignent un organe à part, – en supposant qu'elle soit une faculté primordiale, a paru dans des êtres dont l'intelligence était limitrophe de l'idiotie, assez souvent pour attirer l'attention générale des écrivains psychologistes. Entre l'ingéniosité et l'attitude analytique, il y a une différence beaucoup plus grande qu'entre l'imaginative et l'imagination, mais d'un caractère rigoureusement analogue. En somme, on verra que l'homme ingénieux est toujours plein d'imaginative, et que l'homme *vraiment* imaginatif n'est jamais autre chose qu'un analyste.

Le récit qui suit sera pour le lecteur un commentaire lumineux des propositions que je viens d'avancer.

Je demeurais à Paris, – pendant le printemps et une partie de l'été de 18..., – et j'y fis la connaissance d'un certain C. Auguste Dupin. Ce jeune gentleman appartenait à une excellente famille, une famille illustre même ; mais par une série d'événements malencontreux, il se trouva réduit à une telle pauvreté, que l'énergie de son caractère y succomba, et qu'il cessa de se pousser dans le monde et de s'occuper du rétablissement de sa fortune. Grâce à la courtoisie de ses créanciers, il resta en possession d'un petit reliquat de son patrimoine ; et, sur la rente qu'il en tirait, il trouva moyen, par une économie rigoureuse, de subvenir aux nécessités de la vie, sans s'inquiéter autrement des superfluités. Les livres étaient véritablement son seul luxe, et à Paris on se les procure facilement.

Notre première connaissance se fit dans un obscur cabinet de lecture de la rue Montmartre, par ce fait fortuit que nous étions tous deux à la recherche d'un même livre, fort remarquable et fort rare ; cette coïncidence nous rapprocha. Nous nous vîmes toujours de plus en plus. Je fus profondément intéressé par sa petite histoire de famille, qu'il me raconta minutieusement avec cette candeur et cet abandon, – ce sans-façon du *moi*, – qui est le propre de tout Français quand il parle de ses propres affaires.

Je fus aussi fort étonné de la prodigieuse étendue de ses lectures, et par-dessus tout je me sentis l'âme prise par l'étrange chaleur et la vitale fraîcheur de son imagination. Cherchant dans Paris certains objets qui faisaient mon unique étude, je vis que la société de pareil homme serait pour moi un trésor inappréciable, et dès lors je me livrai franchement à lui. Nous décidâmes enfin que nous vivrions ensemble tout le temps de mon séjour dans cette ville ; et comme mes affaires étaient un peu moins embarrassées que les siennes, je me chargeai de louer et de meubler, dans un style approprié à la mélancolie fantasque de nos deux caractères, une maisonnette antique et bizarre que des superstitions dont nous ne daignâmes pas nous enquérir avaient fait déserter, – tombant presque en ruine, et située dans une partie reculée et solitaire du faubourg Saint-Germain.

Si la routine de notre vie dans ce lieu avait été connue du monde, nous eussions passé pour deux fous, – peut-être pour des fous d'un genre inoffensif. Notre réclusion était complète ; nous ne recevions aucune visite. Le lieu de notre retraite était resté un secret, – soigneusement gardé, – pour mes anciens camarades ; et il y avait plusieurs années que Dupin avait cessé de voir du monde et de se répandre dans Paris. Nous ne vivions qu'entre nous.

Mon ami avait une bizarrerie d'humeur, – car comment définir cela ? – c'était d'aimer la nuit pour l'amour de la nuit ; la nuit était sa passion ; – et je tombai moi-même tranquillement dans cette bizarrerie, comme dans toutes les autres qui lui étaient propres, me laissant aller au courant de toutes ses étranges originalités avec un parfait abandon. La noire divinité ne pouvait pas toujours demeurer avec nous ; mais nous en faisions la contrefaçon. Au premier point du jour, nous fermions tous les lourds volets de notre masure, nous allumions une couple de bougies fortement parfumées, qui ne jetaient que des rayons très faibles et très pâles. Au sein de cette débile clarté, nous livrions chacun notre âme à ses rêves, nous lisions, nous écrivions, ou nous causions, jusqu'à ce que la pendule nous avertît du retour de la véritable obscurité. Alors, nous nous échappions à travers les rues, bras dessus bras dessous, continuant la conversation du jour, rôdant au hasard jusqu'à une heure très avancée, et cherchant à travers les lumières désordonnées et les ténèbres de la populeuse cité ces innombrables excitations spirituelles que l'étude paisible ne peut pas donner.

Dans ces circonstances, je ne pouvais m'empêcher de remarquer et d'admirer, – quoique la riche idéalité dont il était doué eût dû m'y préparer, – une aptitude analytique particulière chez Dupin. Il semblait prendre un délice âcre à l'exercer, – peut-être même à l'étaler, – et avouait sans façon tout le plaisir qu'il en tirait. Il me disait à moi, avec un petit rire tout épanoui, que bien des hommes avaient pour lui une fenêtre ouverte à l'endroit de leur cœur, et l'habitude il accompagnait une pareille assertion de preuves immédiates et des plus surprenantes, tirées d'une connaissance profonde de ma propre personne.

Dans ces moments-là ses manières étaient glaciales et distraites ; ses yeux regardaient dans le vide ; et cependant sa voix, – une riche voix de ténor, habituellement, – triplait en sonorité ; c'eût été de la pétulance, sans l'absolue délibération de son parler et la parfaite certitude de son accentuation. Je l'observais dans ces allures, et je rêvais souvent à la vieille philosophie de l'*âme double*, – je m'amusais de l'idée d'un Dupin double, – un Dupin créateur analyste.

Qu'on ne s'imagine pas, d'après ce que je viens de dire, que je vais dévoiler un grand mystère ou écrire un roman. Ce que j'ai remarqué dans ce singulier Français était simplement le résultat d'une intelligence surexcitée, – malade peut-être. Mais un exemple donnera une meilleure idée de la nature de ses observations à l'époque dont il s'agit.

Une nuit, nous flânions dans une longue rue sale, avoisinant le Palais-Royal. Nous étions plongés chacun dans nos propres pensées, en apparence du moins, et depuis près d'un quart d'heure, nous n'avions pas soufflé une syllabe. Tout à coup Dupin lâcha ces paroles :

– C'est un bien petit garçon, en vérité ; et il serait mieux à sa place au théâtre des Variétés.

– Cela ne fait pas l'ombre d'un doute, répliquai-je sans y penser et sans remarquer d'abord, tant j'étais absorbé, la singulière façon dont l'interrupteur adaptait sa parole à ma propre rêverie. Une minute après, je revins à moi, et mon étonnement fut profond.

– Dupin, dis-je, très gravement, voilà qui passe mon intelligence. Je vous avoue, sans ambages, que j'en suis stupéfié, et que j'en peux à peine croire mes sens. Comment a-t-il pu se faire que vous ayez deviné que je pensais à... ?

Mais je m'arrêtai pour m'assurer indubitablement qu'il avait réellement deviné à qui je pensais.

– À Chantilly ? dit-il. Pourquoi vous interrompre ? Vous faisiez en vous-même la remarque que sa petite taille le rendait impropre à la tragédie.

C'était précisément ce qui faisait le sujet de mes réflexions. Chantilly était un ex-savetier de la rue Saint-Denis qui avait la rage du théâtre, et avait abordé le rôle de Xerxès dans la tragédie de Crébillon ; ses prétentions étaient dérisoires ; on en faisait des gorges chaudes.

– Dites-moi, pour l'amour de Dieu ! la méthode, si méthode il y a, à l'aide de laquelle vous avez pu pénétrer mon âme, dans le cas actuel !

En réalité, j'étais encore plus étonné que je n'aurais voulu le confesser.

– C'est le fruitier, répliqua mon ami, qui vous a amené à cette conclusion que le raccommodeur de semelles n'était pas de taille à jouer Xerxès et tous les rôles de ce genre.

– Le fruitier ! vous m'étonnez ! je ne connais de fruitier d'aucune espèce.

– L'homme qui s'est jeté contre vous, quand nous sommes entrés dans la rue, il y a peut-être un quart d'heure.

Je me rappelai alors qu'en effet un fruitier, portant sur sa tête un grand panier de pommes, m'avait presque jeté par terre par maladresse, comme nous passions de la rue C... dans l'artère principale où nous étions alors. Mais quel rapport cela avait-il avec Chantilly ? Il m'était impossible de m'en rendre compte.

Il n'y avait pas un atome de charlatanerie dans mon ami Dupin.

– Je vais vous expliquer cela, dit-il, et pour que vous puissiez comprendre tout très clairement, nous allons d'abord reprendre la série de vos réflexions, depuis le moment dont je vous parle jusqu'à la rencontre du fruitier en question. Les anneaux principaux de la chaîne se suivent ainsi : *Chantilly, Orion, le docteur Nichols, Épicure, la stéréotomie, les pavés, le fruitier*.

Il est peu de personnes qui ne se soient amusées, à un moment quelconque de leur vie, à remonter le cours de leurs idées et à rechercher par quels chemins leur esprit était arrivé à de certaines conclusions. Souvent cette occupation est pleine d'intérêt, et celui qui l'essaie pour la première fois est étonné de l'incohérence et de la distance, immense en apparence, entre le point de départ et le point d'arrivée.

Qu'on juge donc de mon étonnement quand j'entendis mon Français parler comme il avait fait, et que je fus contraint de reconnaître qu'il avait dit la pure vérité.

Il continua :

– Nous causions de chevaux, si ma mémoire ne me trompe pas, juste avant de quitter la rue C... Ce fut notre dernier thème de conversation. Comme nous passions dans cette rue-ci, un fruitier, avec un gros panier sur la tête, passa précipitamment devant nous, vous jeta sur un tas de pavés amoncelés dans un endroit où la voie est en réparation. Vous avez mis le pied sur une des pierres branlantes ; vous avez glissé, vous vous êtes légèrement foulé la cheville ; vous avez paru vexé, grognon ; vous avez marmotté quelques paroles ; vous vous êtes retourné pour regarder le tas, puis vous avez continué votre chemin en silence. Je n'étais pas absolument attentif à tout ce que vous faisiez ; mais pour moi l'observation est devenue, de vieille date, une espèce de nécessité.

Vos yeux sont restés attachés sur le sol, surveillant avec une espèce d'irritation les trous et les ornières du pavé (de façon que je voyais bien que vous pensiez toujours aux pierres), jusqu'à ce que nous eûmes atteint le petit passage qu'on nomme le passage Lamartine[1], où l'on vient de faire l'essai du pavé de bois, un système de blocs unis et solidement assemblés. Ici votre physionomie s'est éclaircie, j'ai vu vos lèvres remuer, et j'ai deviné, à n'en pas douter, que vous vous murmuriez le mot *stéréotomie*, un terme appliqué fort prétentieusement à ce genre de pavage. Je savais que vous ne pouviez pas dire stéréotomie sans être induit à penser aux atomes, et de là aux théories d'Épicure ; et, comme dans la discussion que nous eûmes, il n'y a pas longtemps, à ce sujet, je vous avais fait remarquer que les vagues conjectures de l'illustre Grec avaient été confirmées singulièrement, sans que personne y prît garde, par les dernières théories sur les nébuleuses et les récentes découvertes cosmogoniques, je sentis que vous ne pourriez pas empêcher vos yeux de se tourner vers la grande nébuleuse d'Orion ; je m'y attendais certainement. Vous n'y avez pas manqué, et je fus alors certain d'avoir strictement emboîté le pas de votre rêverie. Or, dans cette amère boutade sur Chantilly, qui a paru hier dans *le Musée*, l'écrivain satirique, en faisant des allusions déso-

---

1. Ai-je besoin d'avertir à propos de la rue Morgue, du passage Lamartine, etc., qu'Edgar Poe n'est jamais venu à Paris ? – C. B.

bligeantes au changement de nom du savetier quand il a chaussé le cothurne, citait un vers latin dont nous avons souvent causé. Je veux parler du vers :

*Perdidit antiquum littera prima sonum.*

Je vous avais dit qu'il avait trait à Orion, qui s'écrivait primitivement Urion ; et à cause d'une certaine acrimonie mêlée à cette discussion, j'étais sûr que vous ne l'aviez pas oublié. Il était clair, dès lors, que vous ne pouviez pas manquer d'associer les deux idées d'Orion et de Chantilly. Cette association d'idées, je la vis au *style* du sourire qui traversa vos lèvres. Vous pensiez à l'immolation du pauvre savetier. Jusque-là, vous aviez marché courbé en deux, mais alors je vous vis vous redresser de toute votre hauteur. J'étais bien sûr que vous pensiez à la pauvre petite taille de Chantilly. C'est dans ce moment que j'interrompis vos réflexions pour vous faire remarquer que c'était vraiment un pauvre petit avorton que ce Chantilly, et qu'il serait mieux à sa place au théâtre des Variétés.

Peu de temps après cet entretien, nous parcourions l'édition du soir de la *Gazette des tribunaux*, quand les paragraphes suivants attirèrent notre attention :

« DOUBLE ASSASSINAT DES PLUS SINGULIERS. – Ce matin, vers trois heures les habitants du quartier Saint-Roch furent réveillés par une suite de cris effrayants, qui semblaient venir du quatrième étage d'une maison de la rue Morgue, que l'on savait occupée en totalité par une dame l'Espanaye et sa fille, mademoiselle Camille l'Espanaye. Après quelques retards causés par des efforts infructueux pour se faire ouvrir à l'amiable, la grande porte fut forcée avec une pince, et huit ou dix voisins entrèrent, accompagnés de deux gendarmes.

« Cependant les cris avaient cessé ; mais au moment où tout ce monde arrivait pêle-mêle au premier étage, on distingua deux fortes voix, peut-être plus, qui semblaient se disputer violemment, et venir de la partie supérieure de la maison. Quand on arriva au second palier, ces bruits avaient également cessé, et tout était parfaitement tranquille. Les voisins se répandirent de chambre en chambre. Arrivés à une vaste pièce située sur le derrière, au quatrième étage, et dont on força la porte qui était fermée, avec la clef en dedans, ils se trouvèrent en face d'un spectacle qui frappa tous les assistants d'une terreur non moins grande que leur étonnement.

« La chambre était dans le plus étrange désordre, – les meubles brisés et éparpillés dans tous les sens. Il n'y avait qu'un lit, les matelas en avaient été arrachés et jetés au milieu du parquet. Sur une chaise, on trouva un rasoir mouillé de sang ; dans l'âtre, trois longues et fortes boucles de cheveux gris, qui semblaient avoir été violemment arrachées avec leurs racines. Sur le parquet gisaient quatre napoléons, une boucle d'oreille ornée d'une topaze, trois grandes cuillers d'argent, trois plus petites en métal d'Alger, et deux sacs contenant environ quatre mille francs en or. Dans un coin, les tiroirs d'une commode étaient ouverts et avaient sans doute été mis au pillage, bien qu'on y ait trouvé plusieurs articles intacts. Un petit coffret de fer fut trouvé sous la literie (non pas sous le bois de lit) ; il était ouvert, avec la clef dans la serrure. Il ne contenait que quelques vieilles lettres et d'autres papiers sans importance.

« On ne trouva aucune trace de madame l'Espanaye ; mais on remarqua une quantité extraordinaire de suie dans le foyer ; on fit une recherche dans la cheminée, et, chose horrible à dire ! on en tira le corps de la demoiselle, la tête en bas, qui avait été introduit de force et poussé par l'étroite ouverture jusqu'à une distance assez considérable. Le corps était tout chaud. En l'examinant on découvrit de nombreuses excoriations, occasionnées sans doute par la violence avec laquelle il y avait été fourré, et qu'il avait fallu employer pour le dégager. La figure portait quelques fortes égratignures, et la gorge était stigmatisée par des meurtrissures noires et de profondes traces d'ongles, comme si la mort avait eu lieu par strangulation.

« Après un examen minutieux de chaque partie de la maison, qui n'amena aucune découverte nouvelle, les voisins s'introduisirent dans une petite cour pavée, située sur les derrières du bâtiment. Là gisait le cadavre de la vieille dame, avec la gorge si parfaitement coupée, que, quand on essaya de le relever, la tête se détacha du tronc. Le corps, aussi bien que la tête, était terriblement mutilé, et celui-ci à ce point qu'il gardait à peine une apparence humaine.

« Toute cette affaire reste un horrible mystère, et jusqu'à présent on n'a pas encore découvert, que nous sachions, le moindre fil conducteur. »

Le numéro suivant portait ces détails additionnels :

« LE DRAME DE LA RUE MORGUE. — Bon nombre d'individus ont été interrogés relativement à ce terrible et extraordinaire événement, mais rien n'a transpiré qui puisse jeter quelque jour sur l'affaire. Nous donnons ci-dessous les dépositions obtenues :

« Pauline Dubourg, blanchisseuse, dépose qu'elle a connu les deux victimes pendant trois ans, et qu'elle a blanchi pour elles pendant tout ce temps. La vieille dame et sa fille semblaient en bonne intelligence, – très affectueuses l'une envers l'autre. C'étaient de bonnes *payes*. Elle ne peut rien dire relativement à leur genre de vie et à leurs moyens d'existence. Elle croit que madame l'Espanaye disait la bonne aventure pour vivre. Cette dame passait pour avoir de l'argent de côté. Elle n'a jamais rencontré personne dans la maison, quand elle venait rapporter ou prendre le linge. Elle est sûre que ces dames n'avaient aucun domestique à leur service. Il lui a semblé qu'il n'y avait de meubles dans aucune partie de la maison, excepté au quatrième étage.

« Pierre Moreau, marchand de tabac, dépose qu'il fournissait habituellement madame l'Espanaye, et lui vendait de petites quantités de tabac, quelquefois en poudre. Il est né dans le quartier et y a toujours demeuré. La défunte et sa fille occupaient depuis plus de six ans la maison où l'on a trouvé leurs cadavres. Primitivement elle était habitée par un bijoutier, qui sous-louait les appartements supérieurs à différentes personnes. La maison appartenait à madame l'Espanaye. Elle s'était montrée très mécontente de son locataire qui endommageait les lieux ; elle était venue habiter sa propre maison, refusant d'en louer une seule partie. La bonne dame était en enfance. Le témoin a vu la fille cinq ou six fois dans l'intervalle de ces six années. Elles menaient toutes deux une vie excessivement retirée ; elles passaient pour avoir de quoi. Il a entendu dire chez les voisins que madame l'Espanaye disait la bonne aventure ; il ne le croit pas. Il n'a jamais vu personne franchir la porte, excepté la vieille dame et sa fille, un commissionnaire une ou deux fois, et un médecin huit ou dix.

« Plusieurs autres personnes du voisinage déposent dans le même sens. On ne cite personne comme ayant fréquenté la maison. On se sait pas si la dame et sa fille avaient des parents vivants. Les volets des fenêtres étaient toujours fermés, excepté aux fenêtres de la grande arrière-pièce du quatrième étage. La maison était une assez bonne maison, pas trop vieille.

« Isidore Muset, gendarme, dépose qu'il a été mis en réquisition, vers trois heures du matin, et qu'il a trouvé à la grande porte vingt ou trente personnes qui s'efforçaient de pénétrer dans la maison. Il l'a forcée avec une baïonnette et non pas avec une pince. Il n'a pas eu grand-peine à l'ouvrir, parce qu'elle était à deux battants, et n'était verrouillée ni par en haut ni par en bas. Les cris ont continué jusqu'à ce que la porte fût enfoncée, puis ils ont soudainement cessé. On eût dit les cris d'une ou de plusieurs personnes en proie aux plus vives douleurs ; des cris très hauts, très prolongés, – non pas des cris brefs, ni précipités. Le témoin a grimpé l'escalier. En arrivant au premier palier, il a entendu deux voix qui se disputaient très haut et très aigrement ; – l'une, une voix rude, l'autre beaucoup plus aiguë, une voix très singulière. Il a distingué quelques mots de la première, c'était celle d'un Français. Il est certain que ce n'était pas une voix de femme. Il a pu distinguer les mots *sacré* et *diable*. La voix aiguë était celle d'un étranger. Il ne sait pas précisément si c'était une voix d'homme ou de femme. Il n'a pu deviner ce qu'elle disait, mais il présume qu'elle parlait espagnol. Ce témoin rend compte de l'état de la chambre et des cadavres dans les mêmes termes que nous l'avons fait hier.

« Henri Duval, un voisin, et orfèvre de son état, dépose qu'il faisait partie du groupe de ceux qui sont entrés les premiers dans la maison. Confirme généralement le témoignage de Muset. Aussitôt qu'ils se sont introduits dans la maison, ils ont refermé la porte pour barrer le passage à la foule qui s'amassait considérablement, malgré l'heure plus que matinale. La voix aiguë, à en croire le témoin, était une voix d'Italien. À coup sûr ce n'était pas une voix française. Il ne sait pas au juste si c'était une voix de femme, cependant cela pourrait bien être. Le témoin n'est pas familiarisé avec la langue italienne ; il n'a pu distinguer les paroles, mais il est convaincu d'après l'intonation que l'individu qui parlait était un Italien. Le témoin a connu madame l'Espanaye et sa fille. Il a fréquemment causé avec elles. Il est certain que la voix aiguë n'était celle d'aucune des victimes.

« Odenheimer, restaurateur. Ce témoin s'est offert de lui-même. Il ne parle pas français, et on l'a interrogé par le canal d'un interprète. Il est né à Amsterdam. Il passait devant la maison au moment des cris. Ils ont duré quelques minutes, dix minutes peut-être. C'étaient des cris prolongés, très hauts, très effrayants, des cris navrants. Odenheimer est un de ceux qui ont pénétré dans la maison. Il confirme le témoignage précédent, à l'exception d'un seul point. Il est sûr que la voix aiguë était celle d'un homme, d'un Français. Il n'a pu distinguer les mots articulés. On parlait haut et vite, d'un ton inégal, et qui exprimait la crainte aussi bien que la colère. La voix était âpre, plutôt âpre qu'aiguë. Il ne peut appeler cela précisément une voix aiguë. La grosse voix dit à plusieurs reprises : *sacré*, – *diable*, – et une fois : *mon Dieu !*

« Jules Mignaud, banquier de la maison Mignaud et fils, rue Deloraine. Il est l'aîné des Mignaud. Madame l'Espanaye avait quelque fortune. Il lui avait ouvert un compte dans sa maison, huit ans auparavant, au printemps. Elle a souvent déposé chez lui de petites sommes d'argent. Il ne lui a rien délivré jusqu'au troisième jour avant sa mort, où elle est venue lui demander en personne une somme de quatre mille francs. Cette somme lui a été payée en or, et un commis a été chargé de la lui porter chez elle.

« Adolphe Lebon, commis chez Mignaud et fils, dépose que, le jour en question, vers midi, il a accompagné madame l'Espanaye à son logis, avec les quatre mille francs, en deux sacs. Quand la porte s'ouvrit, mademoiselle l'Espanaye parut, et lui prit des mains l'un des deux sacs, pendant que la vieille dame le déchargeait de l'autre. Il les salua et partit. Il n'a vu personne dans la rue en ce moment. C'est une rue borgne, très solitaire.

« William Bird, tailleur, dépose qu'il est un de ceux qui se sont introduits dans la maison. Il est anglais. Il a vécu deux ans à Paris. Il est un des premiers qui ont monté l'escalier. Il a entendu les voix qui se disputaient. La voix rude était celle d'un Français. Il a pu distinguer quelques mots, mais il ne se les rappelle pas. Il a entendu distinctement *sacré* et *mon Dieu*. C'était en ce moment un bruit comme de plusieurs personnes qui se battent, – le tapage d'une lutte et d'objets qu'on brise. La voix aiguë était très forte, plus forte que la voix rude. Il est sûr que ce n'était pas une voix d'Anglais. Elle lui sembla une voix d'Allemand; peut-être bien une voix de femme. Le témoin ne sait pas l'allemand.

« Quatre des témoins ci-dessus mentionnés ont été assignés de nouveau, et ont déposé que la porte de la chambre où fut trouvé le corps de mademoiselle l'Espanaye était fermée en dedans quand ils y arrivèrent. Tout était parfaitement silencieux; ni gémissements ni bruits d'aucune espèce. Après avoir forcé la porte, ils ne virent personne.

« Les fenêtres, dans la chambre de derrière et dans celle de face, étaient fermées et solidement assujetties en dedans. Une porte de communication était fermée, mais pas à clef. La porte qui conduit de la chambre du devant au corridor était fermée à clef, et la clef en dedans ; une petite pièce sur le devant de la maison, au quatrième étage, à l'entrée du corridor, ouverte, et la porte entrebâillée ; cette pièce, encombrée de vieux bois de lit, de malles, etc. On a soigneusement dérangé et visité tous ces objets. Il n'y a pas un pouce d'une partie quelconque de la maison qui n'ait été soigneusement visité. On a fait pénétrer des ramoneurs dans les cheminées. La maison est à quatre étages avec des mansardes. Une trappe qui donne sur le toit était condamnée et solidement fermée avec des clous ; elle ne semblait pas avoir été ouverte depuis des années. Les témoins varient sur la durée du temps écoulé entre le moment où l'on a entendu les voix qui se disputaient et celui où l'on a forcé la porte de la chambre. Quelques-uns l'évaluent très court, deux ou trois minutes, – d'autres, cinq minutes. La porte ne fut ouverte qu'à grand-peine.

« Alfonso Garcio, entrepreneur des pompes funèbres, dépose qu'il demeure rue Morgue. Il est né en Espagne. Il est un de ceux qui ont pénétré dans la maison. Il n'a pas monté l'escalier. Il a les nerfs très délicats, et redoute les conséquences d'une violente agitation nerveuse. Il a entendu les voix qui se disputaient. La grosse voix était celle d'un Français. Il n'a pu distinguer ce qu'elle disait. La voix aiguë était celle d'un Anglais, il en est bien sûr. Le témoin ne sait pas l'anglais, mais il juge d'après l'intonation.

« Alberto Montani, confiseur, dépose qu'il fut des premiers qui montèrent l'escalier. Il a entendu les voix en question. La

voix rauque était celle d'un Français. Il a distingué quelques mots. L'individu qui parlait semblait faire des remontrances. Il n'a pas pu deviner ce que disait la voix aiguë. Elle parlait vite et par saccades. Il l'a prise pour la voix d'un Russe. Il confirme en général les témoignages précédents. Il est italien ; il avoue qu'il n'a jamais causé avec un Russe.

« Quelques témoins, rappelés, certifient que les cheminées dans toutes les chambres, au quatrième étage, sont trop étroites pour livrer passage à un être humain. Quand ils ont parlé de ramonage, ils voulaient parler de ces brosses en forme de cylindres dont on se sert pour nettoyer les cheminées. On a fait passer ces brosses du haut en bas dans tous les tuyaux de la maison. Il n'y a sur le derrière aucun passage qui ait pu favoriser la fuite d'un assassin, pendant que les témoins montaient l'escalier. Le corps de mademoiselle l'Espanaye était si solidement engagé dans la cheminée, qu'il a fallu, pour le retirer, que quatre ou cinq des témoins réunissent leurs forces.

« Paul Dumas, médecin, dépose qu'il a été appelé au point du jour pour examiner les cadavres. Ils gisaient tous les deux sur le fond de sangle du lit dans la chambre où avait été trouvée mademoiselle l'Espanaye. Le corps de la jeune dame était fortement meurtri et excorié. Ces particularités s'expliquent suffisamment par le fait de son introduction dans la cheminée. La gorge était singulièrement écorchée. Il y avait, juste au-dessous du menton, plusieurs égratignures profondes, avec une rangée de taches livides, résultant évidemment de la pression des doigts. La face était affreusement décolorée, et les globes des yeux sortaient de la tête. La langue était coupée à moitié. Une large meurtrissure se manifestait au creux de l'estomac, produite, selon toute

apparence, par la pression d'un genou. Dans l'opinion de M. Dumas, mademoiselle l'Espanaye avait été étranglée par un ou par plusieurs individus inconnus.

« Le corps de la mère était horriblement mutilé. Tous les os de la jambe et du bras gauche plus ou moins fracassés ; le tibia gauche brisé en esquilles, ainsi que les côtes du même côté. Tout le corps affreusement meurtri et décoloré. Il est impossible de dire comment de pareils coups avaient été portés. Une lourde massue de bois ou une large pince de fer, une arme grosse, pesante, et contondante auraient pu produire de tels résultats, et encore maniées par les mains d'un homme excessivement robuste. Avec n'importe quelle arme, aucune femme n'aurait pu frapper de tels coups. La tête de la défunte, quand le témoin la vit, était entièrement séparée du tronc, et, comme le reste, singulièrement broyée. La gorge évidemment avait été tranchée avec un instrument très affilé, très probablement un rasoir.

« Alexandre Étienne, chirurgien, a été appelé en même temps que M. Dumas pour visiter les cadavres ; confirme le témoignage et l'opinion de M. Dumas.

« Quoique plusieurs autres personnes aient été interrogées, on n'a pu obtenir aucun autre renseignement d'une valeur quelconque. Jamais assassinat si mystérieux, si embrouillé, n'a été commis à Paris, si toutefois il y a eu assassinat.

« La police est absolument déroutée, cas fort inusité dans les affaires de cette nature. Il est vraiment impossible de retrouver le fil de cette affaire. »

L'édition du soir constatait qu'il régnait une agitation permanente dans le quartier Saint-Roch ; que les lieux avaient été l'objet d'un second examen, que les témoins avaient été interrogés de nouveau, mais tout cela sans résultat. Cependant, un *post-scriptum* annonçait qu'Adolphe Lebon, le commis de la maison de banque, avait été arrêté et incarcéré, bien que rien dans les faits déjà connus ne parût suffisant pour l'incriminer.

Dupin semblait s'intéresser singulièrement à la marche de cette affaire, autant, du moins, que j'en pouvais juger par ses manières, car il ne faisait aucun commentaire. Ce fut seulement après que le journal eut annoncé l'emprisonnement de Lebon qu'il me demanda quelle opinion j'avais relativement à ce double meurtre.

Je ne pus que lui confesser que j'étais comme tout Paris, et que je le considérais comme un mystère insoluble. Je ne voyais aucun moyen d'attraper la trace du meurtrier.

– Nous ne devons pas juger des moyens possibles, dit Dupin, par cette instruction embryonnaire. La police parisienne, si vantée pour sa pénétration, est très rusée, rien de plus. Elle procède sans méthodes, elle n'a pas d'autre méthode que celle du moment. On fait ici un grand étalage de mesures, mais il arrive souvent qu'elles sont si intempestives et si mal appropriées au but, qu'elles font penser à M. Jourdain, qui demandait *sa robe de chambre – pour mieux entendre la musique*. Les résultats obtenus sont quelquefois surprenants, mais ils sont, pour la plus grande partie, simplement dus à la diligence et à l'activité. Dans le cas où ces facultés sont insuffisantes, les plans ratent. Vidocq, par exemple, était bon pour deviner ; c'était un homme de patience ; mais sa pensée n'étant pas suffisamment éduquée, il faisait continuellement fausse route, par l'ardeur même de ses investigations. Il diminuait la force de sa vision en regardant l'objet de trop près. Il pouvait peut-être voir un ou deux points avec une netteté singulière, mais, par le fait même de son procédé, il perdait l'aspect de l'affaire prise dans son ensemble. Cela peut s'appeler le moyen d'être trop profond. La vérité n'est pas toujours dans un puits. En somme, quant à ce qui regarde les notions qui nous intéressent de plus près, je crois qu'elle est invariablement à la surface. Nous la cherchons dans la profondeur de la vallée : c'est du sommet des montagnes que nous la découvrirons.

« On trouve dans la contemplation des corps célestes des exemples et des échantillons excellents de ce genre d'erreur. Jetez sur une étoile un rapide coup d'œil, regardez-la obliquement, en tournant vers elle la partie latérale de la rétine (beaucoup plus sensible à une lumière faible que la partie centrale), et vous verrez l'étoile distinctement ; vous aurez l'appréciation la plus juste de son éclat, éclat qui s'obscurcit à proportion que vous dirigez votre vue en plein sur elle. Dans le dernier cas, il tombe sur l'œil un plus grand nombre de rayons ; mais, dans le premier, il y a une réceptibilité plus complète, une susceptibilité beaucoup plus vive. Une profondeur outrée affaiblit la pensée et la rend perplexe ; et il est possible de faire disparaître Vénus elle-même du firmament par une attention trop soutenue, trop concentrée, trop directe.

« Quant à cet assassinat, faisons nous-mêmes un examen avant de nous former une opinion. Une enquête nous procurera de l'amusement (je trouvai cette expression bizarre, appliquée au cas en question, mais je ne dis mot) ; et, en outre, Lebon m'a rendu un service pour lequel je ne veux pas me montrer ingrat. Nous irons sur les lieux, nous les examinerons de nos propres yeux. Je connais G..., le préfet de police, et nous obtiendrons sans peine l'autorisation nécessaire.

L'autorisation fut accordée, et nous allâmes tout droit à la rue Morgue. C'est un de ces misérables passages qui relient la rue Richelieu à la rue Saint-Roch. C'était dans l'après-midi, et il était tard quand nous y arrivâmes, car ce quartier était situé à une grande distance de celui que nous habitions. Nous trouvâmes bien vite la maison, car il y avait une multitude de gens qui contemplaient de l'autre côté de la rue les volets fermés, avec une curiosité badaude. C'était une maison comme toutes les maisons de Paris, avec une porte cochère, et sur l'un des côtés une niche vitrée avec un carreau mobile, représentant la loge du concierge. Avant d'entrer, nous remontâmes la rue, nous tournâmes dans une allée, et nous passâmes ainsi sur les derrières de la maison. Dupin, pendant ce temps, examinait tous les alentours, aussi bien que la maison, avec une attention minutieuse dont je ne pouvais pas deviner l'objet.

Nous revînmes sur nos pas vers la façade de la maison ; nous sonnâmes, nous montrâmes notre pouvoir, et les agents nous permirent d'entrer. Nous montâmes jusqu'à la chambre où on avait trouvé le corps de mademoiselle l'Espanaye, et où gisaient encore les deux cadavres. Le désordre de la chambre avait été respecté, comme cela se pratique en pareil cas. Je ne vis rien de plus que ce qu'avait constaté la *Gazette des tribunaux*. Dupin analysait minutieusement toutes choses, sans en excepter les corps des victimes. Nous passâmes ensuite dans les autres chambres, et nous descendîmes dans les cours, toujours accompagnés par un gendarme. Cet examen dura fort longtemps, et il était nuit quand nous quittâmes la maison. En retournant chez nous, mon camarade s'arrêta quelques minutes dans les bureaux d'un journal quotidien.

J'ai dit que mon ami avait toutes sortes de bizarreries, et que je les *ménageais* (car ce mot n'a pas d'équivalent en anglais). Il entrait maintenant dans sa fantaisie de se refuser à toute conversation relativement à l'assassinat, jusqu'au lendemain à midi. Ce fut alors qu'il me demanda brusquement si j'avais remarqué quelque chose de *particulier* sur le théâtre du crime.

Il y eut dans sa manière de prononcer le mot *particulier* un accent qui me donna le frisson sans que je susse pourquoi.

– Non, rien de particulier, dis-je, rien autre, du moins, que ce que nous avons lu tous deux dans le journal.

– La *Gazette*, reprit-il, n'a pas, je le crains, pénétré l'horreur insolite de l'affaire. Mais laissons là les opinions niaises de ce papier. Il me semble que le mystère est considéré comme insoluble, par la raison même qui devrait le faire regarder comme facile à résoudre, je veux parler du caractère excessif sous lequel il apparaît. Les gens de police sont confondus par l'absence apparente de motifs légitimant, non le meurtre en lui-même, mais l'atrocité du meurtre. Ils sont embarrassés aussi par l'impossibilité apparente de concilier les voix qui se disputaient avec ce fait qu'on n'a trouvé en haut de l'escalier d'autre personne que mademoiselle l'Espanaye, assassinée, et qu'il n'y avait aucun moyen de sortir sans être vu des gens qui montaient l'escalier. L'étrange désordre de la chambre, le corps fourré, la tête en bas, dans la cheminée, l'effrayante mutilation du corps de la vieille dame, ces considérations, jointes à celles que j'ai mentionnées et à d'autres dont je n'ai pas besoin de parler, ont suffi pour paralyser l'action des agents du ministère, et pour dérouter complètement leur perspicacité si vantée. Ils ont commis la très grosse et très commune faute de confondre l'extraordinaire avec l'abstrus. Mais c'est justement en suivant ces déviations du cours ordinaire de la nature que la raison trouvera son chemin, si la chose est possible, et marchera vers la vérité. Dans des investigations du genre de celle qui nous occupe, il ne faut pas se demander comment les choses se sont passées, qu'étudier en quoi elles se distinguent de tout ce qui est arrivé jusqu'à présent. Bref, la facilité avec laquelle j'arriverai, ou suis déjà arrivé, à la solution du mystère, est en raison directe de son insolubilité apparente aux yeux de la police.

Je fixai mon homme avec un étonnement muet.

– J'attends maintenant, continua-t-il, en jetant un regard sur la porte de notre chambre, j'attends un individu qui, bien qu'il ne soit peut-être pas l'auteur de cette boucherie, doit se trouver en partie impliqué dans sa perpétration. Il est probable qu'il est innocent de la partie atroce du crime. J'espère ne pas me tromper dans cette hypothèse ; car c'est sur cette hypothèse que je fonde l'espérance de déchiffrer l'énigme entière. J'attends l'homme ici, dans cette chambre, d'une minute à l'autre. Il est vrai qu'il peut fort bien ne pas venir, mais il y a quelques probabilités pour qu'il vienne. S'il vient, il sera nécessaire de le garder. Voici des pistolets, et nous savons tous deux à quoi ils servent quand l'occasion l'exige.

Je pris les pistolets, sans trop savoir ce que je faisais, pouvant à peine en croire mes oreilles, pendant que Dupin continuait, à peu près comme dans un monologue. J'ai déjà parlé de ses manières distraites dans ces moments-là. Son discours s'adressait à moi ; mais sa voix quoique montée à un diapason fort ordinaire, avait cette intonation que l'on prend d'habitude en parlant à quelqu'un placé à une grande distance. Ses yeux, d'une expression vague, ne regardaient que le mur.

– Les voix qui se disputaient, disait-il, les voix entendues par les gens qui montaient l'escalier n'étaient pas celles de ces malheureuses femmes, cela est plus que prouvé par l'évidence. Cela nous débarrasse pleinement de la question de savoir si la vieille dame aurait assassiné sa fille et se serait ensuite suicidée.

« Je ne parle de ce cas que par amour de la méthode ; car la force de madame l'Espanaye eût été absolument insuffisante pour introduire le corps de sa fille dans la cheminée, de la façon où on l'a découvert ; et la nature des blessures trouvées sur sa propre personne exclut entièrement l'idée de suicide. Le meurtre a donc été commis par des tiers, et les voix de ces tiers sont celles qu'on a entendues se quereller.

« Permettez-moi maintenant d'appeler votre attention, – non pas sur les dépositions relatives à ces voix, – mais sur ce qu'il y a de *particulier* dans ces dépositions. Y avez-vous remarqué quelque chose de particulier ?

Je remarquai que, pendant que tous les témoins s'accordaient à considérer la grosse voix comme étant celle d'un Français, il y avait un grand désaccord relativement à la voix aiguë, ou, comme l'avait définie un seul individu, à la voix âpre.

– Cela constitue l'évidence, dit Dupin, mais non la particularité de l'évidence. Vous n'avez rien observé de distinctif ; cependant il y avait *quelque chose à* observer. Les témoins, remarquez-le bien, sont d'accord sur la grosse voix ; là-dessus, il y a unanimité ! Mais relativement à la voix aiguë, il y a une particularité, elle ne consiste pas dans leur désaccord, mais en ceci que, quand un Italien, un Anglais, un Espagnol, un Hollandais essayent de la décrire, chacun en parle comme d'une voix d'*étranger*, chacun est sûr que ce n'était pas la voix d'un de ses compatriotes.

« Chacun la compare, non pas à la voix d'un individu dont la langue lui serait familière, mais justement au contraire. Le Français présume que c'était une voix d'Espagnol, et *il aurait pu distinguer quelques mots s'il était familiarisé avec l'espagnol*. Le Hollandais affirme que c'était la voix d'un Français ; mais il est établi que le témoin, ne sachant pas le français, a été interrogé par le canal d'un interprète. L'Anglais pense que c'était la voix d'un Allemand, et *il n'entend pas l'allemand*. L'Espagnol est *positivement sûr* que c'était la voix d'un Anglais, mais il en juge uniquement par l'intonation, car *il n'a aucune connaissance de l'anglais*. L'Italien croit à une voix de Russe, mais *il n'a jamais causé avec une personne native de Russie*. Un autre Français, cependant, diffère du premier, et il est certain que c'était une voix d'Italien ; mais, n'ayant pas la connaissance de cette langue, il fait comme l'Espagnol, *il tire sa certitude de l'intonation*. Or, cette voix était donc bien insolite et bien étrange, qu'on ne pût obtenir à son égard que de pareils témoignages ? Une voix dans les intonations de laquelle des citoyens des cinq grandes parties de l'Europe n'ont rien pu reconnaître qui leur fût familier ! Vous me direz que c'était peut-être la voix d'un Asiatique ou d'un Africain. Les Africains et les Asiatiques n'abondent pas à Paris, mais sans nier la possibilité du cas, j'appellerai simplement votre attention sur trois points.

« Un témoin dépeint la voix ainsi : *plutôt âpre qu'aiguë*. Deux autres en parlent comme d'une voix *brève et saccadée*. Ces témoins n'ont distingué aucunes paroles, – aucuns sons ressemblant à des paroles.

« Je ne sais pas, continua Dupin, quelle impression j'ai pu faire sur votre entendement ; mais je n'hésite pas à affirmer qu'on peut tirer des déductions légitimes de cette partie même des dépositions, la partie relative aux deux voix, la grosse voix, et la voix aiguë, très suffisantes en elles-mêmes pour créer un soupçon qui indiquerait la route dans toute investigation ultérieure du mystère.

« J'ai dit : déductions légitimes, mais cette expression ne rend pas complètement ma pensée. Je voulais faire entendre que ces déductions sont les seules convenables, et que ce soupçon en surgit inévitablement comme le seul résultat possible. Cependant, de quelle nature est ce soupçon, je ne vous le dirai pas immédiatement. Je désire simplement vous démontrer que ce soupçon était plus que suffisant pour donner un caractère décidé, une tendance positive à l'enquête que je voulais faire dans la chambre.

« Maintenant, transportons-nous dans cette chambre. Quel sera le premier objet de notre recherche ? Les moyens d'évasion employés par les meurtriers. Nous pouvons affirmer, n'est-ce pas, que nous ne croyons ni l'un ni l'autre aux événements surnaturels ? Mesdames l'Espanaye n'ont pas été assassinées par les esprits. Les auteurs du meurtre étaient des êtres matériels, et ils ont fui matériellement.

« Or, comment ? Heureusement, il n'y a qu'une manière de raisonner sur ce point, et cette manière nous conduira à une conclusion positive. Examinons donc, un à un, les moyens possibles d'évasion. Il est clair que les assassins étaient dans la chambre où l'on a trouvé mademoiselle l'Espanaye, ou au moins dans la chambre adjacente quand la foule a monté l'escalier. Ce n'est donc que dans ces deux chambres que nous avons à chercher des issues. La police a levé les parquets, ouvert les plafonds, sondé la maçonnerie des murs. Aucune issue secrète n'a pu échapper à sa perspicacité. Mais je ne me suis pas fié à ses yeux, et j'ai examiné avec les miens ; il n'y a réellement pas d'issues secrètes. Les deux portes qui conduisent des chambres dans le corridor étaient solidement fermées, et les clefs en dedans. Voyons les cheminées. Celles-ci, qui sont d'une largeur ordinaire jusqu'à une distance de huit ou dix pieds au-dessus du foyer, ne livreraient pas au-delà un passage suffisant à un gros chat.

« L'impossibilité de la fuite, du moins par les voies ci-dessus indiquées, étant donc absolument établie, nous en sommes réduits aux fenêtres. Personne n'a pu fuir par celles de la chambre du devant, sans être vu par la foule du dehors. Il a donc *fallu* que les meurtriers s'échappassent par celles de la chambre de derrière.

« Maintenant, amenés, comme nous le sommes, a cette conclusion par des déductions aussi irréfragables, nous n'avons pas le droit, en tant que raisonneurs, de la rejeter en raison de son apparente impossibilité. Il ne nous reste donc qu'à démontrer que cette impossibilité apparente n'existe pas en réalité.

« Il y a deux fenêtres dans la chambre. L'une des deux n'est pas obstruée par l'ameublement, et est restée entièrement visible. La partie inférieure de l'autre est cachée par le chevet du lit, qui est fort massif et qui est poussé tout contre. On a constaté que la première était solidement assujettie en dedans. Elle a résisté aux efforts les plus violents de ceux qui ont essayé de la lever. On avait percé dans son châssis, à gauche, un grand trou avec une vrille, et on y trouva un gros clou enfoncé presque jusqu'à la tête. En examinant l'autre fenêtre, on y a trouvé fiché un clou semblable ; et un vigoureux effort pour lever le châssis n'a pas eu plus de succès que de l'autre côté. La police était dès lors pleinement convaincue qu'aucune fuite n'avait pu s'effectuer par ce chemin. Il fut donc considéré comme superflu de retirer les clous et d'ouvrir les fenêtres.

« Mon examen fut un peu plus minutieux, et cela, par la raison que je vous ai donnée tout à l'heure. C'était le cas, je le savais, où il *fallait* démontrer que l'impossibilité n'était qu'apparente.

« Je continuai à raisonner ainsi, – *a posteriori*. Les meurtriers s'étaient évadés par l'une de ces fenêtres. Cela étant, ils ne pouvaient pas avoir réassujetti les châssis en dedans, comme on les a trouvés ; considération qui, par son évidence, a borné les recherches de la police dans ce sens-là. Cependant ces châssis étaient bien fermés. Il *faut* donc qu'ils puissent se fermer d'eux-mêmes. Il n'y avait pas moyen d'échapper à cette conclusion. J'allai droit à la fenêtre non bouchée, je retirai le clou avec quelque difficulté, et j'essayai de lever le châssis. Il a résisté à tous mes efforts, comme je m'y attendais. Il y avait donc, j'en étais sûr maintenant, un ressort caché ; et ce fait, corroborant mon idée, me convainquit au moins de la justesse de mes prémisses, quelque mystérieuses que m'apparussent toujours les circonstances relatives aux clous. Un examen minutieux me fit bientôt découvrir le ressort secret. Je le poussai, et satisfait de ma découverte, je m'abstins de lever le châssis.

« Je remis alors le clou en place et l'examinai attentivement. Une personne passant par la fenêtre pouvait l'avoir refermée, et le ressort aurait fait son office ; mais le clou n'aurait pas été replacé. Cette conclusion était nette et rétrécissait encore le champ de mes investigations. Il *fallait* que les assassins se fussent enfuis par l'autre fenêtre. En supposant donc que les ressorts des deux croisées fussent semblables, comme il était probable, il *fallait* cependant trouver une différence dans les clous, ou au moins dans la manière dont ils avaient été fixés. Je montai sur le fond de sangle du lit, et je regardai minutieusement l'autre fenêtre par-dessus le chevet du lit. Je passai ma main derrière, je découvris aisément le ressort, et je le fis jouer ; – il était, comme je l'avais deviné, identique au premier. Alors j'examinai le clou. Il était aussi gros que l'autre, et fixé de la même manière, enfoncé presque jusqu'à la tête.

« Vous direz que j'étais embarrassé ; mais si vous avez une pareille pensée, c'est que vous vous êtes mépris sur la nature de mes inductions. Pour me servir d'un terme de jeu, je n'avais pas commis une seule faute ; je n'avais pas perdu la piste un seul instant ; il n'y avait pas une lacune d'un anneau à la chaîne. J'avais suivi le secret jusque dans sa dernière phase, et cette phase, c'était le *clou*. Il ressemblait, dis-je, sous tous les rapports, à son voisin de l'autre fenêtre ; mais ce fait, quelque concluant qu'il fût en apparence, devenait absolument nul, en face de cette considération dominante, à savoir que là, à ce clou, finissait le fil conducteur. Il faut, me dis-je, qu'il y ait dans ce clou quelque chose de défectueux. Je le touchai, et la tête, avec un petit morceau de la tige, un quart de pouce environ, me resta dans les doigts. Le reste de la tige était dans le trou, où elle s'était cassée. Cette fracture était fort ancienne, car les bords étaient incrustés de rouille, et elle avait été opérée par un coup de marteau, qui avait enfoncé en partie la tête du clou dans le fond du châssis. Je rajustai soigneusement la tête avec le morceau qui la continuait, et le tout figura un clou intact ; la fissure était inappréciable. Je pressai le ressort, je levai doucement la croisée de quelques pouces ; la tête du clou vint avec elle, sans bouger de son trou. Je refermai la croisée, et le clou offrit de nouveau le semblant d'un clou complet.

« Jusqu'ici l'énigme était débrouillée. L'assassin avait fui par la fenêtre qui touchait au lit. Qu'elle fût retombée d'elle-même après la fuite, ou qu'elle eût été fermée par une main humaine, elle était retenue par le ressort, et la police avait attribué cette résistance au clou ; aussi toute enquête ultérieure avait été jugée superflue.

« La question, maintenant, était celle du mode de descente. Sur ce point, j'avais satisfait mon esprit dans notre promenade autour du bâtiment. À cinq pieds et demi environ de la fenêtre en question, court une chaîne de paratonnerre. De cette chaîne, il eût été impossible à n'importe qui d'atteindre la fenêtre, à plus forte raison, d'entrer.

« Toutefois, j'ai remarqué que les volets du quatrième étage étaient du genre particulier que les menuisiers parisiens appellent *ferrades*, genre de volets fort peu usités aujourd'hui, mais qu'on rencontre fréquemment dans de vieilles maisons de Lyon et de Bordeaux. Ils sont faits comme une porte ordinaire (porte simple, et non pas à double battant), à l'exception que la partie inférieure est façonnée à jour et treillissée, ce qui donne aux mains une excellente prise.

« Dans le cas en question, ces volets sont larges de trois bons pieds et demi. Quand nous les avons examinés du derrière de la maison, ils étaient tous les deux ouverts à moitié, c'est-à-dire qu'ils faisaient angle droit avec le mur. Il est présumable que la police a examiné comme moi les derrières du bâtiment ; mais en regardant ces *ferrades* dans le sens de leur largeur (comme elle les a vues inévitablement), elle n'a sans doute pas pris garde à cette largeur même, ou du moins elle n'y a pas attaché l'importance nécessaire. En somme, les agents, quand il a été démontré pour eux que la fuite n'avait pu s'effectuer de ce côté, ne leur ont appliqué qu'un examen fort succinct.

« Toutefois il était évident pour moi que le volet appartenant à la fenêtre située au chevet du lit, si on le supposait rabattu contre le mur, se trouverait à deux pieds de la chaîne du paratonnerre. Il était clair aussi que, par l'effort d'une énergie et d'un courage insolites, on pouvait, à l'aide de la chaîne, avoir opéré une invasion par la fenêtre. Arrivé à cette distance de deux pieds et demi (je suppose maintenant le volet complètement ouvert), un voleur aurait pu trouver dans le treillage une prise solide. Il aurait pu dès lors, en lâchant la chaîne, en assurant bien ses pieds contre le mur et en s'élançant vivement, tomber dans la chambre, et attirer violemment le volet avec lui de manière à le fermer, en supposant, toutefois, la fenêtre ouverte en ce moment-là.

« Remarquez bien, je vous prie, que j'ai parlé d'une énergie très peu commune, nécessaire pour réussir dans une entreprise aussi difficile, aussi hasardeuse. Mon but est de vous prouver d'abord que la chose a pu se faire, en second lieu et *principalement*, d'attirer votre attention sur le caractère *très extraordinaire*, presque surnaturel, de l'agilité nécessaire pour l'accomplir.

« Vous direz sans doute, en vous servant de la langue judiciaire, que, pour donner ma preuve *a fortiori*, je devrais plutôt *sous-évaluer* l'énergie nécessaire dans ce cas que réclamer son exacte estimation. C'est peut-être la pratique des tribunaux, mais cela ne rentre pas dans les us de la raison. Mon objet final, c'est la vérité. Mon but actuel, c'est de vous induire à rapprocher cette énergie tout à fait insolite de cette voix si particulière, de cette voix aiguë (ou âpre), de cette voix saccadée, dont la nationalité n'a pu être constatée par l'accord de deux témoins, et dans laquelle personne n'a saisi de mots articulés, de syllabisation.

À ces mots, une conception vague et embryonnaire de la pensée de Dupin passa dans mon esprit. Il me semblait être sur la limite de la compréhension sans pouvoir comprendre ; comme les gens qui sont quelquefois sur le bord du souvenir, et qui cependant ne parviennent pas à se rappeler. Mon ami continua son argumentation :

– Vous voyez, dit-il, que j'ai transporté la question du mode de sortie au mode d'entrée. Il était dans mon plan de démontrer qu'elles se sont effectuées de la même manière et sur le même point. Retournons maintenant dans l'intérieur de la chambre. Examinons toutes les particularités. Les tiroirs de la commode, dit-on, ont été mis au pillage, et cependant on y a trouvé plusieurs articles de toilette intacts. Cette conclusion est absurde ; c'est une simple conjecture, – une conjecture passablement niaise, et rien de plus. Comment pouvons-nous savoir que les articles trouvés dans les tiroirs ne représentent pas tout ce que les tiroirs contenaient ? Madame l'Espanaye et sa fille menaient une vie excessivement retirée, ne voyaient pas le monde, sortaient rarement, avaient donc peu d'occasion de changer de toilette. Ceux qu'on a trouvés étaient au moins d'aussi bonne qualité qu'aucun de ceux que possédaient vraisemblablement ces dames. Et si un voleur en avait pris quelques-uns, pourquoi n'aurait-il pas pris les meilleurs, pourquoi ne les aurait-il pas tous pris ? Bref, pourquoi aurait-il abandonné

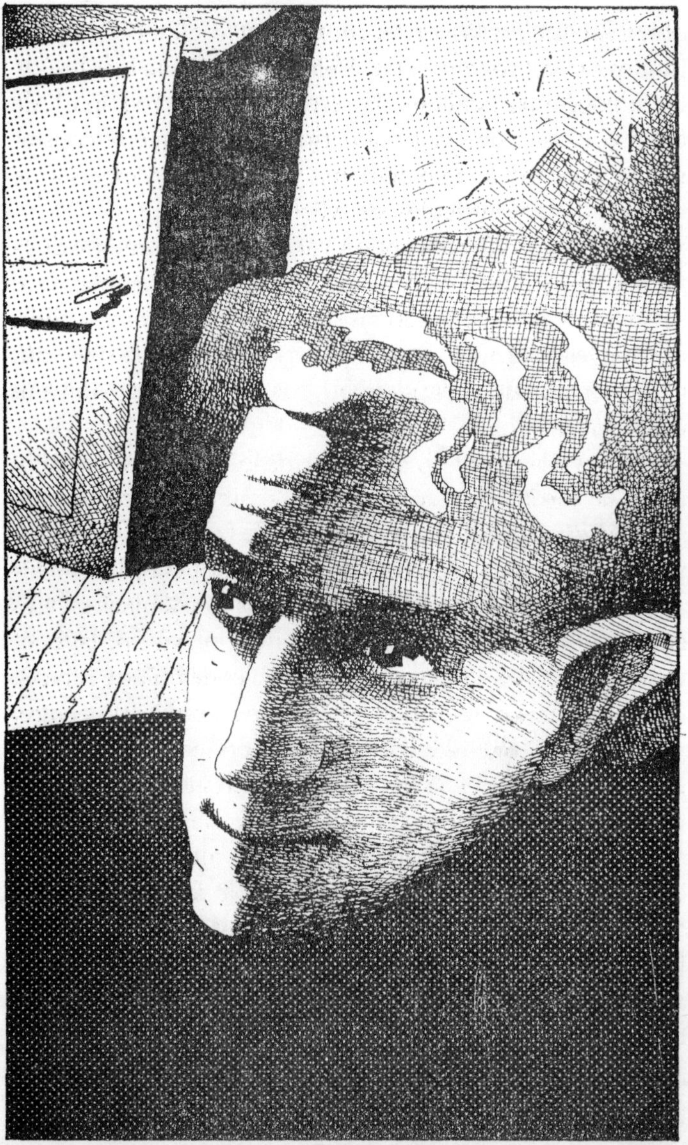

ses quatre mille francs en or pour s'empêtrer d'un paquet de linge ? L'or a été abandonné. La presque totalité de la somme désignée par le banquier Mignaud a été trouvée sur le parquet, dans les sacs. Je tiens donc à écarter de votre pensée l'idée saugrenue d'un *intérêt*, idée engendrée dans le cerveau de la police par les dépositions qui parlent d'argent délivré à la porte même de la maison. Des coïncidences, dix fois plus remarquables que celle-ci (la livraison de l'argent et le meurtre commis trois jours après sur le propriétaire), se présentent dans chaque heure de notre vie, sans attirer notre attention, même une minute. En général, les coïncidences sont de grosses pierres d'achoppement dans la route de ces pauvres penseurs mal éduqués qui ne savent pas le premier mot de la théorie des probabilités, théorie à laquelle le savoir humain doit ses plus glorieuses conquêtes et ses plus belles découvertes. Dans le cas présent, si l'or avait disparu, le fait qu'il avait été délivré trois jours auparavant créerait quelque chose de plus qu'une coïncidence. Cela corroborerait l'idée d'intérêt. Mais dans les circonstances réelles où nous sommes placés, si nous supposons que l'or a été le mobile de l'attaque, il nous faut supposer ce criminel assez indécis et assez idiot pour oublier à la fois son or et le mobile qui l'a fait agir.

« Mettez donc bien dans votre esprit les points sur lesquels j'ai attiré votre attention, cette voix particulière, cette agilité sans pareille, et cette absence frappante d'intérêt dans un meurtre aussi singulièrement atroce que celui-ci. Maintenant, examinons la boucherie en elle-même. Voilà une femme étranglée par la force des mains, et introduite dans une cheminée, la tête en bas. Des assassins ordinaires n'emploient pas de pareils procédés pour tuer. Encore moins cachent-ils ainsi les cadavres de leurs victimes. Dans cette façon de fourrer le corps dans la cheminée, vous admettrez qu'il y a quelque chose d'excessif et de bizarre, quelque chose d'absolument inconciliable avec tout ce que nous connaissons en général des actions humaines, même en supposant que les auteurs fussent les plus pervertis des hommes. Songez aussi quelle force prodigieuse il a fallu pour pousser ce corps dans une pareille ouverture, et l'y pousser si puissamment que les efforts réunis de plusieurs personnes furent à peine suffisants pour l'en retirer.

« Portons maintenant notre attention sur d'autres indices de cette vigueur merveilleuse. Dans le foyer on a trouvé des mèches de cheveux, des mèches très épaisses de cheveux gris. Ils ont été arrachés avec leurs racines. Vous savez quelle puissante force il faut pour arracher seulement de la tête vingt ou trente cheveux à la fois. Vous avez vu les mèches en question, aussi bien que moi. À leurs racines grumelées (affreux spectacle !) adhéraient des fragments de cuir chevelu, preuve certaine de la prodigieuse puissance qu'il a fallu déployer pour déraciner peut-être cinq cent mille cheveux d'un seul coup.

« Non seulement le cou de la vieille dame était coupé, mais la tête absolument séparée du corps ; l'instrument était un simple rasoir. Je vous prie de remarquer cette férocité *bestiale*. Je ne parle pas des meurtrissures du corps de madame l'Espanaye ; M. Dumas et son honorable confrère, M. Étienne, ont affirmé qu'elles avaient été produites par un instrument contondant ; et en cela ces messieurs furent tout à fait dans le vrai. L'instrument contondant a été évidemment le pavé de la cour sur laquelle la victime est tombée de la fenêtre qui donne sur le lit. Cette idée, quelque simple qu'elle apparaisse maintenant, a échappé à la police par la même raison qui l'a empêchée de remarquer la largeur des volets ; parce que, grâce à la circonstance des clous, sa perception était hermétiquement bouchée à l'idée que les fenêtres eussent jamais pu être ouvertes.

« Si maintenant, subsidiairement, vous avez convenablement réfléchi au désordre bizarre de la chambre, nous sommes allés assez avant pour combiner les idées d'une agilité merveilleuse, d'une férocité bestiale, d'une boucherie sans motif, d'une *grotesquerie* dans l'horrible absolument étrangère a l'humanité, et d'une voix dont l'accent est inconnu a l'oreille d'hommes de plusieurs nations, d'une voix dénuée de toute syllabisation distincte et intelligible. Or, pour vous, qu'en ressort-il ? Quelle impression ai-je faite sur votre imagination ?

Je sentis un frisson courir dans ma chair quand Dupin me fit cette question.

— Un fou, dis-je, aura commis ce meurtre, quelque maniaque furieux échappé à une maison de santé du voisinage.

— Pas trop mal, répliqua-t-il, votre idée est presque applicable. Mais les voix des fous, même dans leurs plus sauvages paroxysmes, ne se sont jamais accordées avec ce qu'on dit de cette voix singulière entendue dans l'escalier. Les fous font partie d'une nation quelconque ; et leur langage, pour incohérent qu'il soit dans les paroles, est toujours syllabifié. En outre, le cheveu d'un fou ne ressemble pas à celui que je tiens maintenant dans ma main. J'ai dégagé cette petite touffe des doigts rigides et crispés de madame l'Espanaye. Dites-moi ce que vous en pensez.

– Dupin ! dis-je, complètement bouleversé, ces cheveux sont bien extraordinaires, ce ne sont pas là des cheveux *humains* !

– Je n'ai pas affirmé qu'ils fussent tels, dit-il, mais, avant de nous décider sur ce point, je désire que vous jetiez un coup d'œil sur le petit dessin que j'ai tracé sur ce bout de papier. C'est un *fac-similé* qui représente ce que certaines dépositions définissent *les meurtrissures noirâtres, et les profondes marques d'ongles* trouvées sur le cou de mademoiselle l'Espanaye, et que MM. Dumas et Étienne appellent *une série de taches livides, évidemment causées par l'impression des doigts.*

« Vous voyez, continua mon ami, en déployant le papier sur la table, que ce dessin donne l'idée d'une poigne solide et ferme. Il n'y a pas d'apparence que les doigts aient glissé. Chaque doigt a gardé, peut-être jusqu'à la mort de la victime, la terrible prise qu'il s'était faite, et dans laquelle il s'est moulé. Essayez maintenant de placer tous vos doigts, en même temps, chacun dans la marque analogue que vous voyez.

J'essayai, mais inutilement.

– Il est possible, dit Dupin, que nous ne fassions pas cette expérience d'une manière décisive. Le papier est déployé sur une surface plane, et la gorge humaine est cylindrique. Voici un rouleau de bois dont la circonférence est à peu près celle d'un cou. Étalez le dessin tout autour, et recommençons l'expérience.

J'obéis ; mais la difficulté fut encore plus évidente que la première fois.

– Ceci, dis-je, n'est pas la trace d'une main humaine.

– Maintenant, dit Dupin, lisez ce passage de Cuvier.

C'était l'histoire minutieuse, anatomique et descriptive, du grand orang-outang fauve des îles de l'Inde orientale.

Tout le monde connaît suffisamment la gigantesque stature, la force et l'agilité prodigieuses, la férocité sauvage, et les facultés d'imitation de ce mammifère. Je compris d'un seul coup tout l'horrible du meurtre.

– La description des doigts, dis-je, quand j'eus fini la lecture, s'accorde parfaitement avec le dessin. Je vois qu'aucun animal, excepté un orang-outang, et de l'espèce en question, n'aurait pu faire des marques telles que celles que vous avez dessinées. Cette touffe de poils fauves est aussi d'un caractère identique à celui de l'animal de Cuvier. Mais je ne me rends pas facilement compte des détails de cet effroyable mystère. D'ailleurs, on a entendu *deux* voix se disputer, et l'une d'elles était incontestablement la voix d'un Français.

– C'est vrai ; et vous vous rappellerez une expression attribuée presque unanimement à cette voix, l'expression *Mon Dieu !* Ces mots, dans les circonstances présentes, ont été caractérisés par l'un des témoins (Montani, le confiseur), comme exprimant un reproche et une remontrance. C'est donc sur ces deux mots que j'ai fondé l'espérance de débrouiller complètement l'énigme. Un Français a eu connaissance du meurtre. Il est possible, il est même plus que probable qu'il est innocent de toute participation à cette affaire sanglante. L'orang-outang a pu lui échapper. Il est possible qu'il ait suivi sa trace jusqu'à la chambre, mais que dans les circonstances terribles qui ont suivi, il n'ait pas pu s'emparer de lui. L'animal est encore libre. Je ne poursuivrai pas ces conjectures, je n'ai pas le droit d'appeler ces idées d'un autre nom, puisque les ombres de réflexions qui leur servent de base sont d'une profondeur à peine suffisante pour être appréciées par ma propre raison, et que je ne prétendrais pas qu'elles fussent appréciables pour une autre intelligence. Nous les nommerons donc des conjectures, et nous ne les prendrons que pour telles. Si le Français en question est, comme je le suppose, innocent de cette atrocité, cette annonce que j'ai laissée hier au soir, pendant que nous retournions au logis, dans les bureaux du journal *Le Monde* (feuille consacrée aux intérêts maritimes, et très recherchée par les marins), l'amènera chez nous.

Il me tendit un papier, et je lus :

AVIS. – On a trouvé dans le bois de Boulogne, le matin du... courant (c'était le matin de l'assassinat), de fort bonne heure, un énorme orang-outang fauve de l'espèce de Bornéo. Le propriétaire (qu'on sait être un marin appartenant à l'équipage d'un navire maltais), peut retrouver l'animal, après en avoir donné un signalement satisfaisant, et remboursé quelques frais à la personne qui s'en est emparée, et qui l'a gardé. S'adresser rue..., n°..., faubourg Saint-Germain, au troisième.

– Comment avez-vous pu, demandai-je à Dupin, savoir que l'homme était un marin, et qu'il appartenait à un navire maltais ?

– Je ne le sais pas, dit-il, je n'en suis pas sûr. Voici toutefois un petit morceau de ruban, qui, j'en juge par sa forme et son aspect graisseux, a évidemment servi à nouer les cheveux en une de ces longues queues qui rendent les marins si fiers et si farauds. En outre, ce nœud est un de ceux que peu de personnes savent faire, excepté les marins, et il est particulier aux Maltais. J'ai ramassé le ruban au bas de la chaîne du paratonnerre. Il est impossible qu'il ait appartenu à l'une des deux victimes. Après tout, si je me suis trompé en induisant de ce ruban que le Français est un marin appartenant à un navire maltais, je n'aurai fait de mal à personne avec mon annonce. Si je suis dans l'erreur, il supposera simplement que j'ai été fourvoyé par quelque circonstance dont il ne prendra pas la peine de s'enquérir. Mais si je suis dans le vrai, il y a un grand point de gagné. Le Français, qui a connaissance du meurtre, bien qu'il en soit innocent, hésitera naturellement à répondre à l'annonce, à réclamer son orang-outang. Il raisonnera ainsi : « Je suis innocent ; je suis pauvre ; mon orang-outang est d'un grand prix ; c'est presque une fortune dans une situation comme la mienne ; pourquoi le perdrais-je, par quelques niaises appréhensions de danger ? Le voilà, il est sous ma main. On l'a trouvé dans le bois de Boulogne, à une grande distance du théâtre du meurtre. Soupçonnera-t-on jamais qu'une bête brute ait pu faire le coup ? La police est dépistée, elle n'a pu retrouver le plus petit fil conducteur. Quand même on serait sur la piste de l'animal, il serait impossible de me prouver que j'aie eu connaissance de ce meurtre, ou de m'incriminer en raison de cette connaissance. Enfin, et avant tout, *je suis connu*. Le rédacteur de l'annonce me désigne comme le propriétaire de la bête. Mais je ne sais pas jusqu'à quel point s'étend sa certitude. Si j'évite de réclamer une propriété d'une aussi grosse valeur, qui est connue pour m'appartenir, je puis attirer sur l'animal un dangereux soupçon. Ce serait de ma part une mauvaise politique d'appeler l'attention sur moi ou sur la bête. Je répondrai décidément à l'avis du journal, je reprendrai mon orang-outang, et je l'enfermerai solidement, jusqu'à ce que cette affaire soit oubliée. »

En ce moment, nous entendîmes un pas qui montait l'escalier.

– Apprêtez-vous, dit Dupin, prenez vos pistolets, mais ne vous en servez pas, ne les montrez pas avant un signal de moi.

On avait laissé ouverte la porte cochère, et le visiteur était entré sans sonner, et avait gravi plusieurs marches de l'escalier. Mais on eût dit maintenant qu'il hésitait. Nous l'entendions redescendre. Dupin se dirigea vivement vers la porte, quand nous l'entendîmes qui remontait. Cette fois, il ne battit pas en retraite, mais s'avança délibérément, et frappa à la porte de notre chambre.

– Entrez, dit Dupin d'une voie gaie et cordiale.

Un homme se présenta. C'était évidemment un marin, un grand, robuste et musculeux individu, avec une expression d'audace de tous les diables qui n'était pas du tout déplaisante. Sa figure, fortement hâlée, était plus d'à moitié cachée par les favoris et les moustaches. Il portait un gros bâton de chêne, mais ne semblait pas autrement armé. Il nous salua gauchement, et nous souhaita le bonsoir avec un accent français qui, bien que légèrement bâtarde de suisse, rappelait suffisamment une origine parisienne.

– Asseyez-vous, mon ami, dit Dupin, je suppose que vous venez pour votre orang-outang. Sur ma parole, je vous l'envie presque ; il est remarquablement beau, et c'est sans doute une bête d'un grand prix. Quel âge lui donnez-vous bien ?

Le matelot aspira longuement, de l'air d'un homme qui se trouve soulagé d'un poids intolérable, et répliqua d'une voix assurée :

– Je ne saurais trop vous dire ; cependant, il ne peut guère avoir plus de quatre ou cinq ans. Est-ce que vous l'avez ici ?

– Oh ! non ; nous n'avions pas de lieu commode pour l'enfermer. Il est dans une écurie de manège près d'ici, rue

Dubourg. Vous pourrez l'avoir demain matin. Ainsi, vous êtes en mesure de prouver votre droit de propriété ?

– Oui, monsieur, certainement.

– Je serais vraiment peiné de m'en séparer, dit Dupin.

– Je n'entends pas, dit l'homme, que vous ayez pris tant de peine pour rien ; je n'y ai pas compté. Je paierai volontiers une récompense à la personne qui a retrouvé l'animal, une récompense raisonnable, s'entend.

– Fort bien, répliqua mon ami, tout cela est fort juste, en vérité. Voyons, que donneriez-vous bien ? Ah ! je vais vous le dire. Voici quelle sera ma récompense : vous me raconterez tout ce que vous savez relativement aux assassinats de la rue Morgue.

Dupin prononça ces derniers mots d'une voix très basse et fort tranquillement. Il se dirigea vers la porte avec la même placidité, la ferma, et mit la clef dans sa poche. Il tira un pistolet de son sein, et le posa sans le moindre émoi sur la table.

La figure du marin devint pourpre, comme s'il en était aux agonies d'une suffocation. Il se dressa sur ses pieds et saisit son bâton ; mais une seconde après, il se laissa retomber sur son siège, tremblant violemment et la mort sur le visage. Il ne pouvait articuler une parole. Je le plaignais du plus profond de mon cœur.

– Mon ami, dit Dupin d'une voix pleine de bonté, vous vous alarmez sans motif, je vous assure. Nous ne voulons vous faire aucun mal. Sur mon honneur de galant homme et de Français, nous n'avons aucun mauvais dessein contre vous. Je sais parfaitement que vous êtes innocent des horreurs de la rue Morgue. Cependant, cela ne veut pas dire que vous n'y soyez pas quelque peu impliqué. Le peu que je vous ai dit doit vous prouver que j'ai eu sur cette affaire des moyens d'informations dont vous ne vous seriez jamais douté. Maintenant la chose est claire pour nous. Vous n'avez rien fait que vous ayez pu éviter, rien, à coup sûr, qui vous rende coupable. Vous auriez pu voler impunément ; vous n'avez même pas été coupable de vol. Vous n'avez rien à cacher ; vous n'avez aucune raison de cacher quoi que ce soit. D'un autre côté, vous êtes contraint par tous les principes de l'honneur à confesser tout ce que vous savez. Un homme innocent est actuellement en prison, accusé du crime dont vous pouvez indiquer l'auteur.

Pendant que Dupin prononçait ces mots, le matelot avait recouvré, en grande partie, sa présence d'esprit ; mais toute sa première hardiesse avait disparu.

– Que Dieu me soit en aide ! dit-il, après une petite pause, je vous dirai tout ce que je sais sur cette affaire ; mais je n'espère pas que vous en croyiez la moitié, je serais vraiment un sot, si je l'espérais ! Cependant, je suis innocent, et je dirai tout ce que j'ai sur le cœur, quand même il m'en coûterait la vie !

Voici en substance ce qu'il nous raconta : il avait fait dernièrement un voyage dans l'archipel indien. Une bande de matelots, dont il faisait partie, débarqua à Bornéo et pénétra dans l'intérieur pour y faire une excursion d'amateurs. Lui et un de ses camarades avaient pris l'orang-outang. Ce camarade mourut, et l'animal devint donc sa propriété exclusive, à lui. Après bien des embarras causés par l'indomptable férocité du captif pendant la traversée, il réussit à la longue à le loger sûrement dans sa propre demeure à Paris, et, pour ne pas attirer sur lui-même l'insupportable curiosité des voisins, il avait soigneusement enfermé l'animal, jusqu'à ce qu'il l'eût guéri d'une blessure au pied qu'il s'était faite à bord avec une esquille. Son projet, finalement, était de le vendre.

Comme il revenait, une nuit, ou plutôt un matin, le matin du meurtre, d'une petite orgie de matelots, il trouva la bête installée dans sa chambre à coucher ; elle s'était échappée du cabinet voisin, où il la croyait solidement enfermée. Un rasoir à la main et toute barbouillée de savon, elle était assise devant un miroir, et essayait de se raser, comme sans doute elle l'avait vu faire à son maître en l'épiant par le trou de la serrure. Terrifié en voyant une arme si dangereuse dans les mains d'un animal aussi féroce, parfaitement capable de s'en servir, l'homme, pendant quelques instants, n'avait su quel parti prendre. D'habitude, il avait dompté l'animal, même dans ses accès les plus furieux, par les coups de fouet ; et il voulut y recourir cette fois encore. Mais en voyant le fouet, l'orang-outang bondit à travers la porte de la chambre, dégringola par les escaliers, et, profitant d'une fenêtre ouverte par malheur, il se jeta dans la rue.

Le Français, désespéré, poursuivit le singe ; celui-ci, tenant toujours son rasoir d'une main, s'arrêtait de temps en temps, se retournait, et faisait des grimaces à l'homme qui le poursuivait, jusqu'à ce qu'il se vît près d'être atteint, puis il reprenait sa course. Cette chasse dura un bon bout de temps. Les rues étaient profondément tranquilles, et il pouvait être trois heures du matin. En traversant un passage derrière la rue Morgue, l'attention du fugitif fut attirée par une lumière qui partait de la fenêtre ouverte de madame l'Espanaye, au quatrième étage de sa maison. Il se précipita vers le mur, il aperçut la chaîne du paratonnerre, y grimpa avec une inconcevable agilité, saisit le volet, qui était complètement rabattu contre le mur, et en s'appuyant dessus, il s'élança droit sur le chevet du lit.

Toute cette gymnastique ne dura pas une minute. Le volet avait été repoussé contre le mur par le bond que l'orang-outang avait fait en se jetant dans la chambre.

Cependant, le matelot était à la fois joyeux et inquiet. Il avait donc bonne espérance de ressaisir l'animal, qui pouvait difficilement s'échapper de la trappe où il s'était aventuré, et d'où on pouvait lui barrer la fuite. D'un autre côté, il y avait lieu d'être fort inquiet de ce qu'il pouvait faire dans la maison. Cette dernière réflexion incita l'homme à se remettre à la poursuite de son fugitif. Il n'est pas difficile pour un marin de grimper à une chaîne de paratonnerre ; mais, quand il fut arrivé à la hauteur de la fenêtre, située assez loin sur sa gauche, il se trouva fort empêché ; tout ce qu'il put faire de mieux fut de se dresser de manière à jeter un coup d'œil dans l'intérieur de la chambre. Mais ce qu'il vit lui fit presque lâcher prise dans l'excès de la terreur. C'était alors que s'élevaient les horribles cris qui, à travers le silence de la nuit, réveillèrent en sursaut les habitants de la rue Morgue.

Madame l'Espanaye et sa fille, vêtues de leurs toilettes de nuit, étaient sans doute occupées à ranger quelques papiers dans le coffret de fer dont il a été fait mention, et qui avait été traîné au milieu de la chambre. Il était ouvert, et tout son contenu était éparpillé sur le parquet. Les victimes avaient sans doute le dos tourné à la fenêtre ; et, à en juger par le temps qui s'écoula entre l'invasion de la bête et les premiers cris, il est probable qu'elles ne l'aperçurent pas tout de suite. Le claquement du volet a pu être vraisemblablement attribué au vent.

Quand le matelot regarda dans la chambre, le terrible animal avait empoigné madame l'Espanaye par ses cheveux qui étaient épars et qu'elle peignait, et il agitait le rasoir autour de sa figure, en imitant les gestes d'un barbier. La fille était par terre, immobile ; elle s'était évanouie. Les cris et les efforts de la vieille dame, pendant lesquels les cheveux lui furent arrachés de la tête, eurent pour effet de changer en fureur les dispositions probablement pacifiques de l'orang-outang. D'un coup rapide de son bras musculeux, il sépara presque la tête du corps. La vue du sang transforma sa fureur en frénésie. Il grinçait des dents, il lançait du feu par les yeux. Il se jeta sur le corps de la jeune personne, il lui ensevelit ses terribles griffes dans la gorge, et les y laissa jusqu'à ce qu'elle fût morte. Ses yeux égarés et sauvages tombèrent en ce moment sur le chevet du lit, au-dessus duquel il put apercevoir la face de son maître, paralysée par l'horreur.

La furie de la bête, qui sans aucun doute se souvenait du terrible fouet, se changea immédiatement en frayeur. Sachant bien qu'elle avait mérité un châtiment, elle semblait vouloir cacher le traces sanglantes de son action, et bondissait à travers la chambre dans un accès d'agitation nerveuse, bousculant et brisant les meubles à chacun de ses mouvements, et arrachant les matelas du lit. Finalement, elle s'empara du corps de la fille, et le poussa dans la cheminée, dans la posture où elle fut trouvée ; puis de celui de la vieille dame qu'elle précipita la tête la première à travers la fenêtre.

Comme le singe s'approchait de la fenêtre avec son fardeau tout mutilé, le matelot épouvanté se baissa, et se laissant couler le long de la chaîne sans précautions, il s'enfuit

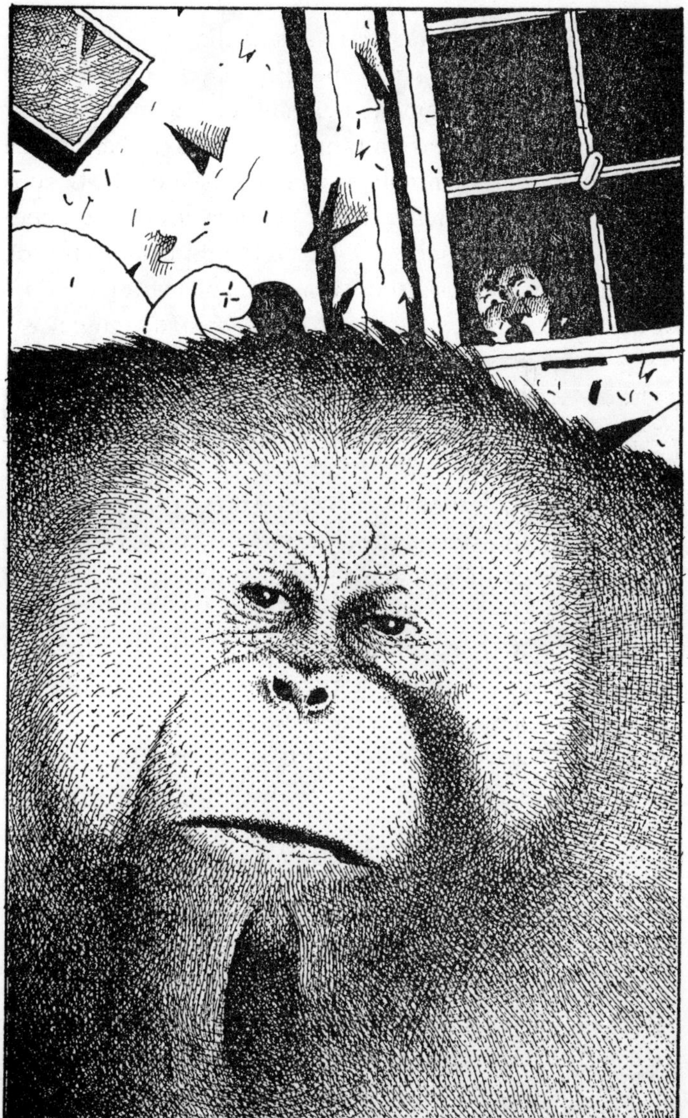

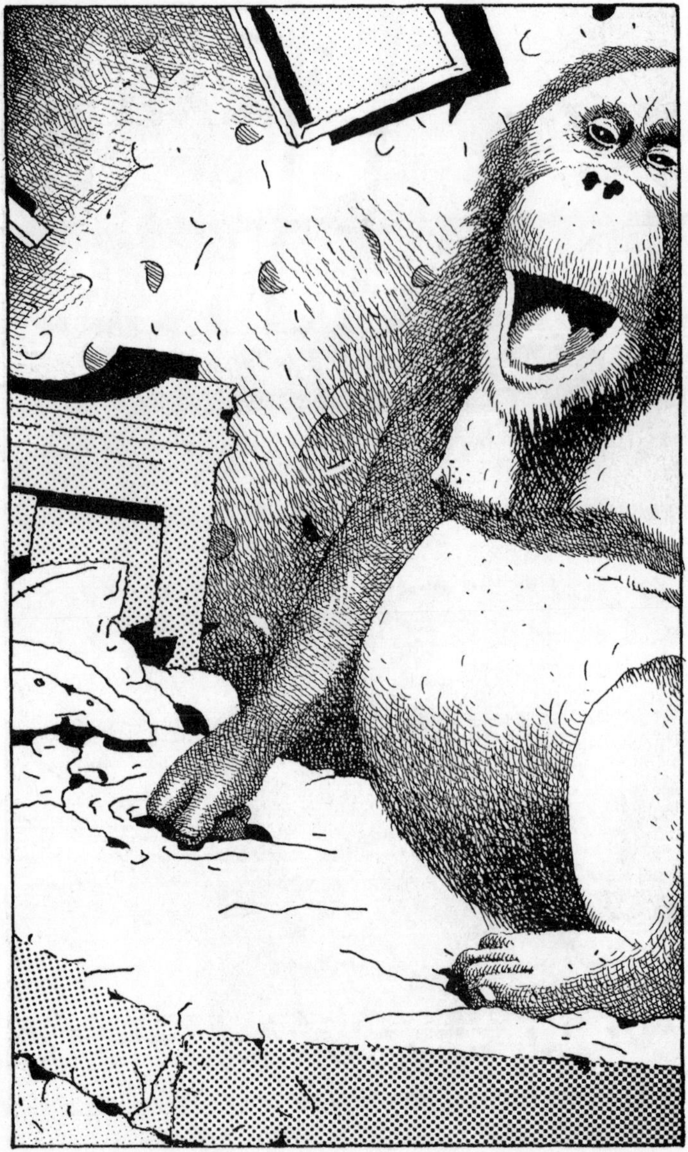

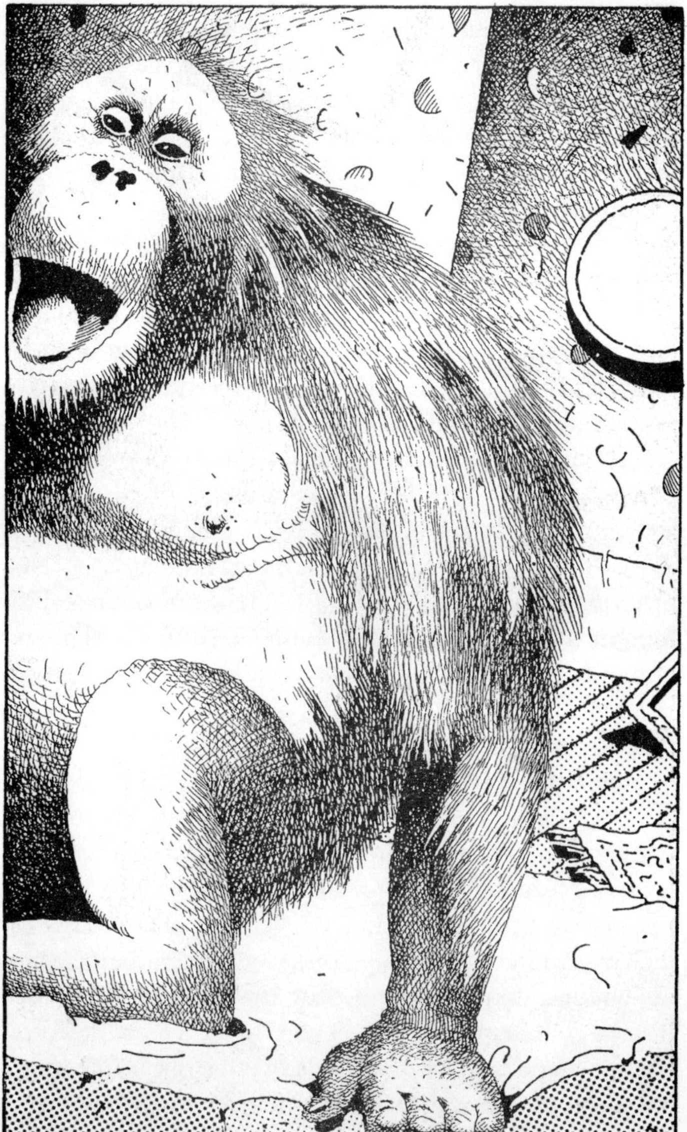

tout d'un trait jusque chez lui, redoutant les conséquences de cette atroce boucherie, et, dans sa terreur, abandonnant volontiers tout souci de la destinée de son orang-outang. Les voix entendues par les gens de l'escalier étaient ses exclamations d'horreur et d'effroi mêlées aux glapissements diaboliques de la bête.

Je n'ai presque rien à ajouter. L'orang-outang s'était sans doute échappé de la chambre par la chaîne du paratonnerre, juste avant que la porte fût enfoncée. En passant par la fenêtre, il l'avait évidemment refermée. Il fut rattrapé plus tard par le propriétaire lui-même, qui le vendit pour un bon prix au jardin des Plantes.

Lebon fut immédiatement relâché, après que nous eûmes raconté toutes les circonstances de l'affaire, assaisonnées de quelques commentaires de Dupin, dans le cabinet même du préfet de police. Ce fonctionnaire, quelque bien disposé qu'il fût envers mon ami, ne pouvait pas absolument déguiser sa mauvaise humeur en voyant l'affaire prendre cette tournure, et se laissa aller à un ou deux sarcasmes sur la manie des personnes qui se mêlaient de ses fonctions.

– Laissez-le parler, dit Dupin, qui n'avait pas jugé à propos de répliquer. Laissez-le jaser, cela allègera sa conscience. Je suis content de l'avoir battu sur son propre terrain. Néanmoins, qu'il n'ait pas pu débrouiller ce mystère, il n'y a nullement lieu de s'en étonner, et cela est moins singulier qu'il ne le croit : car, en vérité, notre ami le préfet est un peu trop fin pour être profond. Sa science n'a pas de base. Elle est toute en tête, et n'a pas de corps, comme les portraits de la déesse Laverna, ou, si vous aimez mieux, toute en tête et en épaules, comme une morue.

Mais après tout, c'est un brave homme. Je l'adore particulièrement pour un merveilleux genre de *cant* auquel il doit sa réputation de génie. Je veux parler de sa manie *de nier ce qui est, et d'expliquer ce qui n'est pas*[1].

---

1. Rousseau, *La Nouvelle Héloïse*. – E. A. P.

# La lettre volée

*Nil sapientiæ odiosius acumine nimio.*
Sénèque

J'étais à Paris en 18... Après une sombre et orageuse soirée d'automne, je jouissais de la double volupté de la méditation et d'une pipe d'écume de mer, en compagnie de mon ami Dupin, dans sa petite bibliothèque ou cabinet d'étude, rue Dunot, n° 33, au troisième, faubourg Saint-Germain. Pendant une bonne heure, nous avions gardé un profond silence ; chacun de nous, pour le premier observateur venu aurait paru profondément et exclusivement occupé des tourbillons frisés de fumée qui chargeaient l'atmosphère de la chambre. Pour mon compte, je discutais en moi-même certains points qui avaient été dans la première partie de la soirée l'objet de notre conversation ; je veux parler de l'affaire de la rue Morgue, et du mystère relatif à l'assassinat de Marie Roget[1]. Je rêvais donc à l'espèce d'analogie qui reliait ces deux affaires, quand la porte de notre apparte-

---

1. Encore un meurtre, dont Dupin refait l'instruction. – Le Double assassinat dans la rue Morgue, Le mystère de Marie Roget, et La lettre volée font une espèce de trilogie. Obligé de donner des échantillons variés des talents de Poe, j'ai craint la répétition. – C. B.

ment s'ouvrit, et donna passage à notre vieille connaissance, à M. G..., le préfet de police de Paris.

Nous lui souhaitâmes cordialement la bienvenue ; car l'homme avait son revers charmant comme son côté méprisable, et nous ne l'avions pas vu depuis quelques années. Comme nous étions assis dans les ténèbres, Dupin se leva pour allumer une lampe ; mais il se rassit et n'en fit rien, entendant G...... dire qu'il était venu pour nous consulter, ou plutôt pour demander l'opinion de mon ami relativement à une affaire qui lui avait causé une masse d'embarras.

– Si c'est un cas qui demande de la réflexion, observa Dupin, s'abstenant d'allumer la mèche, nous l'examinerons plus convenablement dans les ténèbres.

– Voilà encore une de vos idées bizarres, dit le préfet, qui avait la manie d'appeler bizarres toutes les choses situées au-delà de sa compréhension, et qui vivait ainsi au milieu d'une immense légion de bizarreries.

– C'est, ma foi, vrai ! dit Dupin en présentant une pipe à son visiteur, et roulant vers lui un excellent fauteuil.

– Et maintenant, quel est le cas embarrassant ? demandai-je ; j'espère bien que ce n'est pas encore dans le genre assassinat.

– Oh ! non. Rien de pareil. Le fait est que l'affaire est vraiment très simple, et je ne doute pas que nous ne puissions nous en tirer fort bien nous-mêmes ; mais j'ai pensé que Dupin ne serait pas fâché d'apprendre les détails de cette affaire, parce qu'elle est excessivement *bizarre*.

– Simple et bizarre, dit Dupin.

– Mais oui ; et cette expression n'est pourtant pas exacte ; l'un ou l'autre, si vous aimez mieux. Le fait est que nous avons été tous là-bas fortement embarrassés par cette affaire ; car, toute simple qu'elle est, elle nous déroute complètement.

— Peut-être est-ce la simplicité même de la chose qui vous induit en erreur, dit mon ami.

— Quel non-sens nous dites-vous là ! répliqua le préfet, en riant de bon cœur.

— Peut-être le mystère est-il un peu *trop* clair, dit Dupin.

— Ô ! bonté du ciel ! qui a jamais ouï parler d'une idée pareille ?

— Un peu *trop* évident.

— Ha ! ha ! ha ! ha ! oh ! oh ! criait notre hôte, qui se divertissait profondément. Oh ! Dupin, vous me ferez mourir de joie, voyez-vous.

— Et enfin, demandai-je, quelle est la chose en question ?

— Mais, je vous la dirai, répliqua le préfet, en lâchant une longue, solide et contemplative bouffée de fumée, et s'établissant dans son fauteuil. Je vous la dirai en peu de mots. Mais avant de commencer, laissez-moi vous avertir que c'est une affaire qui demande le plus grand secret, et que je perdrais très probablement le poste que j'occupe, si l'on savait que je l'ai confiée à qui que ce soit.

— Commencez, dis-je.

— Ou ne commencez pas, dit Dupin.

— C'est bien ; je commence. J'ai été informé personnellement, et en très haut lieu, qu'un certain document de la plus grande importance avait été soustrait dans les appartements royaux. On sait quel est l'individu qui l'a volé ; cela est hors de doute ; on l'a vu s'en emparer. On sait aussi que ce document est toujours en sa possession.

— Comment sait-on cela ? demanda Dupin.

– Cela est clairement déduit de la nature du document et de la non-apparition de certains résultats qui surgiraient immédiatement s'il sortait des mains du voleur ; en d'autres termes, s'il était employé en vue du but que celui-ci doit évidemment se proposer.

– Veuillez être un peu plus clair, dis-je.

– Eh bien ! j'irai jusqu'à dire que ce papier confère à son détenteur un certain pouvoir dans un certain lieu où ce pouvoir est d'une valeur inappréciable. Le préfet raffolait du *cant* diplomatique.

– Je continue à ne rien comprendre, dit Dupin.

– Rien, vraiment ? Allons ! Ce document, révélé à un troisième personnage, dont je tairai le nom, mettrait en question l'honneur d'une personne du plus haut rang ; et voilà ce qui donne au détenteur du document un ascendant sur l'illustre personne dont l'honneur et la sécurité sont ainsi mis en péril.

– Mais cet ascendant, interrompis-je, dépend de ceci : le voleur sait-il que la personne volée connaît son voleur ? Qui oserait... ?

– Le voleur, dit G......, c'est D..., qui ose tout, ce qui est indigne d'un homme, aussi bien que ce qui est digne de lui. Le procédé du vol a été aussi ingénieux que hardi. Le document en question une lettre, pour être franc, a été reçu par la personne volée pendant qu'elle était seule dans le boudoir royal. Pendant qu'elle le lisait, elle fut soudainement interrompue par l'entrée de l'autre illustre personnage à qui elle désirait particulièrement le cacher.

« Après avoir essayé en vain de le jeter rapidement dans un tiroir, elle fut obligée de le déposer tout ouvert sur une table. La lettre, toutefois, était retournée, la suscription en dessus, et, le contenu étant ainsi caché, elle n'attira pas l'attention. Sur ces entrefaites arriva le ministre D.... Son œil de lynx perçoit immédiatement le papier, reconnaît l'écriture de la suscription, remarque l'embarras de la personne à qui elle était adressée, et pénètre son secret.

« Après avoir traité quelques affaires, expédiées tambour battant, à sa manière habituelle, il tire de sa poche une lettre à peu près semblable à la lettre en question, l'ouvre, fait semblant de la lire, et la place juste à côté de l'autre. Il se remet à causer, pendant un quart d'heure environ, des affaires publiques. À la longue, il prend congé, et met la main sur la lettre à laquelle il n'a aucun droit. La personne volée le vit, mais, naturellement, n'osa pas attirer l'attention sur ce fait, en présence du troisième personnage qui était à son côté. Le ministre décampa, laissant sur la table sa propre lettre, une lettre sans importance.

– Ainsi, dit Dupin en se tournant à moitié vers moi, voilà précisément le cas demandé pour rendre l'ascendant complet : le voleur sait que la personne volée connaît son voleur.

– Oui, répliqua le préfet, et depuis quelques mois il a été largement usé, dans un but politique, de l'empire conquis par ce stratagème, et jusqu'à un point fort dangereux. La personne volée est de jour en jour plus convaincue de la nécessité de retirer sa lettre. Mais, naturellement, cela ne peut pas se faire ouvertement. Enfin, poussée au désespoir, elle m'a chargé de la commission.

– Il n'était pas possible, je suppose, dit Dupin dans une auréole de fumée, de choisir ou même d'imaginer un agent plus sagace.

– Vous me flattez, – répliqua le préfet – mais il est bien possible qu'on ait conçu de moi quelque opinion de ce genre.

– Il est clair, dis-je, comme vous l'avez remarqué, que la lettre est toujours entre les mains du ministre ; puisque c'est le fait de la possession et non l'usage de la lettre qui crée l'ascendant. Avec l'usage, l'ascendant s'évanouit.

– C'est vrai, dit G......, et c'est d'après cette conviction que j'ai marché. Mon premier soin a été de faire une recherche minutieuse à l'hôtel du ministre ; et là mon principal embarras fut de chercher à son insu. Par-dessus tout, j'étais en garde contre le danger qu'il y aurait eu à lui donner un motif de soupçonner notre dessein.

– Mais, dis-je, vous êtes tout à fait à votre affaire dans ces espèces d'investigations. La police parisienne a pratiqué la chose plus d'une fois.

– Oh ! sans doute ; et c'est pourquoi j'avais bonne espérance. Les habitudes du ministre me donnaient d'ailleurs un grand avantage. Il est souvent absent de chez lui toute la nuit. Ses domestiques ne sont pas nombreux. Ils couchent à une certaine distance de l'appartement de leur maître, et comme ils sont napolitains avant tout, ils mettent de la bonne volonté à se laisser enivrer. J'ai, comme vous savez, des clefs avec lesquelles je puis ouvrir toutes les chambres et tous les cabinets de Paris. Pendant trois mois il ne s'est pas passé une nuit, dont je n'aie employé la plus grande partie à fouiller, en personne, l'hôtel D.... Mon honneur y est intéressé, et, pour vous confier un grand secret, la récompense est énorme. Aussi je n'ai abandonné les recherches que lorsque j'ai été pleinement convaincu que le voleur était encore plus fin que moi. Je crois que j'ai scruté tous les coins et recoins de la maison dans lesquels il était possible de cacher un papier.

– Mais ne serait-il pas possible, insinuai-je, que, bien que la lettre soit au pouvoir du ministre, elle y est indubitablement, il l'eût cachée ailleurs que dans sa propre maison ?

– Cela n'est guère possible, dit Dupin. La situation particulière, actuelle, des affaires à la cour, spécialement la nature de l'intrigue dans laquelle D... a pénétré, comme on sait, font de l'efficacité immédiate du document, de la possibilité de le produire à la minute, un point d'une importance presque égale à sa possession.

– La possibilité de le produire, dis-je ?

– Oui, si vous aimez mieux, de l'annihiler, dit Dupin.

– C'est vrai, remarquai-je. Le papier est donc évidemment dans l'hôtel. Quant au cas où il serait sur la personne même du ministre, nous le considérons comme tout à fait hors de question.

– Absolument, dit le préfet. Je l'ai fait arrêter deux fois par de faux voleurs, et sa personne a été scrupuleusement fouillée sous mes propres yeux.

– Vous auriez pu vous épargner cette peine, dit Dupin. D... n'est pas absolument fou, je présume, et dès lors il a dû prévoir ces guet-apens comme choses naturelles.

– Pas *absolument* fou, c'est vrai, dit G......, toutefois, c'est un poète, ce qui, je crois, n'en est pas fort éloigné.

– C'est vrai, dit Dupin, après avoir longtemps et pensivement poussé la fumée de sa pipe d'écume, bien que je me sois rendu moi-même coupable de certaine rapsodie.

– Voyons, dis-je, racontez-nous les détails précis de votre recherche.

– Le fait est que nous avons pris notre temps, et que nous

avons cherché *partout*. J'ai une vieille expérience de ces sortes d'affaires. Nous avons entrepris la maison tout entière, chambre par chambre ; nous avons consacré à chacune les nuits de toute une semaine. Nous avons d'abord examiné les meubles de chaque appartement. Nous avons ouvert tous les tiroirs possibles ; et je présume que vous n'ignorez pas que, pour un agent de police bien dressé, un tiroir *secret* est une chose qui n'existe pas. Tout homme qui, dans une perquisition de cette nature, permet à un tiroir secret de lui échapper, est une brute. La besogne est si facile ! Il y a dans chaque pièce une certaine quantité de volumes et de surfaces dont on peut se rendre compte. Nous avons pour cela des règles exactes. La cinquantième partie d'une ligne ne peut pas nous échapper.

Après les chambres, nous avons pris les sièges. Les coussins ont été sondés avec ces longues et fines aiguilles que vous m'avez vu employer. Nous avons enlevé les dessus des tables.

– Et pourquoi ?

– Quelquefois le dessus d'une table ou de toute autre pièce d'ameublement analogue est enlevé par une personne qui désire cacher quelque chose ; elle creuse le pied de la table ; l'objet est déposé dans la cavité, et le dessus replacé. On se sert de la même manière des montants d'un lit.

– Mais ne pourrait-on pas deviner la cavité par l'auscultation ? demandai-je.

– Pas le moins du monde, si, en déposant l'objet, on a eu soin de l'entourer d'une bourre de coton suffisante. D'ailleurs, dans notre cas, nous étions obligés de procéder sans bruit.

– Mais vous n'avez pas pu défaire, vous n'avez pas pu

démonter toutes les pièces d'ameublement dans lesquelles on aurait pu cacher un dépôt de la façon dont vous parlez. Une lettre peut être roulée en une spirale très mince, ressemblant beaucoup par sa forme et son volume à une grosse aiguille à tricoter, et être ainsi insérée dans un bâton de chaise, par exemple. Avez-vous démonté toutes les chaises ?

— Non certainement, mais nous avons fait mieux, nous avons examiné les bâtons de toutes les chaises de l'hôtel, et même les jointures de toutes les pièces de l'ameublement, à l'aide d'un puissant microscope. S'il y avait eu la moindre trace d'un désordre récent, nous l'aurions infailliblement découvert à l'instant. Un seul grain de poussière causée par la vrille, par exemple, nous aurait sauté aux yeux comme une pomme. La moindre altération dans la colle, un simple bâillement dans les jointures aurait suffi pour nous révéler la cachette.

— Je présume que vous avez examiné les glaces entre la glace et le planchéiage, et que vous avez fouillé les lits et les courtines des lits, aussi bien que les rideaux et les tapis.

— Naturellement ; et quand nous eûmes absolument passé en revue tous les articles de ce genre, nous avons examiné la maison elle-même. Nous avons divisé la totalité de sa surface en compartiments, que nous avons numérotés, pour être sûrs de n'en omettre aucun ; nous avons fait de chaque pouce carré l'objet d'un nouvel examen au microscope, et nous y avons compris les deux maisons adjacentes.

— Les deux maisons adjacentes ! m'écriai-je ; vous avez dû vous donner bien du mal.

— Oui, ma foi ! Mais la récompense offerte est énorme.

— Dans les maisons, comprenez-vous le sol ?

— Le sol est partout pavé en brique. Comparativement,

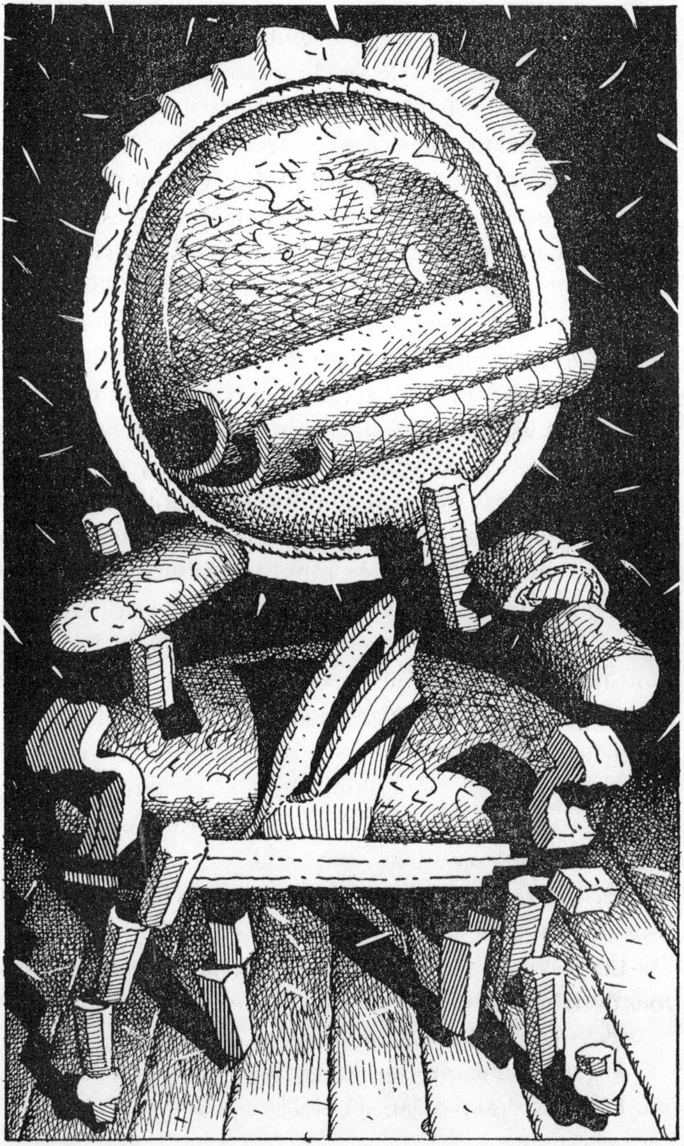

cela ne nous a pas donné grand mal. Nous avons examiné la mousse entre les briques, elle était intacte.

— Vous avez sans doute visité les papiers de D..., et les livres de la bibliothèque ?

— Certainement ; nous avons ouvert chaque paquet et chaque article ; nous n'avons pas seulement ouvert les livres, mais nous les avons parcourus feuillet par feuillet, ne nous contentant pas de les secouer simplement comme font plusieurs de nos officiers de police. Nous avons aussi mesuré l'épaisseur de chaque reliure avec la plus exacte minutie, et nous avons appliqué à chacune la curiosité jalouse du microscope. Si l'on avait récemment inséré quelque chose dans une des reliures, il eût été absolument impossible que le fait échappât à notre observation. Cinq ou six volumes qui sortaient des mains du relieur ont été soigneusement sondés longitudinalement avec les aiguilles.

— Vous avez exploré les parquets, sous les tapis.

— Sans doute. Nous avons enlevé chaque tapis, et nous avons examiné les planches au microscope.

— Et les papiers des murs ?

— Aussi.

— Vous avez visité les caves ?

— Nous avons visité les caves.

— Ainsi, dis-je, vous avez fait fausse route, et la lettre n'est pas dans l'hôtel, comme vous le supposiez.

— Je crains que vous n'ayez raison, dit le préfet. Et vous maintenant, Dupin, que me conseillez-vous de faire ?

— Faire une perquisition complète.

— C'est absolument inutile ! répliqua G... Aussi sûr que je vis, la lettre n'est pas dans l'hôtel !

– Je n'ai pas de meilleur conseil à vous donner, dit Dupin. Vous avez, sans doute, un signalement exact de la lettre ?

– Oh ! oui ! Et ici, le préfet, tirant un agenda, se mit à nous lire à haute voix une description minutieuse du document perdu, de son aspect intérieur, et spécialement de l'extérieur. Peu de temps après avoir fini la lecture de cette description, cet excellent homme prit congé de nous, plus accablé, et l'esprit plus complètement découragé que je ne l'avais vu jusqu'alors.

Environ un mois après, il nous fit une seconde visite, et nous trouva occupés à peu près de la même façon. Il prit une pipe et un siège, et causa de choses et d'autres. À la longue, je lui dis :

– Eh bien ! mais, G..., et votre lettre volée ? Je présume qu'à la fin vous vous êtes résigné à comprendre que ce n'est pas une petite besogne que d'enfoncer le ministre ?

– Que le diable l'emporte ! J'ai pourtant recommencé cette perquisition, comme Dupin me l'a conseillé ; mais, comme je m'en doutais ; ç'a été peine perdue.

– De combien est la récompense offerte ? vous nous avez dit..., demanda Dupin.

– Mais... elle est très forte... une récompense vraiment magnifique, je ne veux pas vous dire au juste combien ; mais une chose que je vous dirai, c'est que je m'engagerais bien à payer de ma bourse cinquante mille francs à celui qui pourrait me trouver cette lettre. Le fait est que la chose devient de jour en jour plus urgente ; et la récompense a été doublée tout récemment. Mais, en vérité, on la triplerait, que je ne pourrais faire mon devoir mieux que je l'ai fait.

– Mais... oui..., dit Dupin en traînant ses paroles au milieu des bouffées de sa pipe, je crois... réellement, G...., que vous n'avez pas fait... tout votre possible... vous n'êtes pas allé au fond de la question. Vous pourriez faire... un peu plus, je pense du moins, hein ?

– Comment ? dans quel sens ?

– Mais... (une bouffée de fumée) vous pourriez... (bouffée sur bouffée) prendre conseil en cette matière, hein ? (Trois bouffées de fumée.) Vous rappelez-vous l'histoire qu'on raconte d'Abernethy [1] ?

– Non ! au diable votre Abernethy !

– Assurément ! au diable, si cela vous amuse ! Or donc, une fois, un certain riche, fort avare, conçut le dessein de soutirer à Abernethy une consultation médicale. Dans ce but, il entama avec lui, au milieu d'une société, une conversation ordinaire, à travers laquelle il insinua au médecin son propre cas, comme celui d'un individu imaginaire.

« Nous supposerons, dit l'avare, que les symptômes sont tels et tels ; maintenant, docteur, que lui conseilleriez-vous de prendre ? »

« Que prendre ? dit Abernethy, mais prendre conseil, à coup sûr. »

– Mais, dit le préfet, un peu décontenancé, je suis tout disposé à prendre conseil, et à payer pour cela. Je donnerais *vraiment* cinquante mille francs à quiconque me tirerait d'affaire.

– Dans ce cas, réplique Dupin, ouvrant un tiroir et en tirant un livre de mandats, vous pouvez aussi bien me faire un bon pour la somme susdite. Quand vous l'aurez signé, je vous remettrai votre lettre.

Je fus stupéfié. Quant au préfet, il semblait absolument

---

1. Médecin anglais très célèbre et très excentrique. – C. B.

foudroyé. Pendant quelques minutes, il resta muet et immobile, regardant mon ami, la bouche béante, avec un air incrédule et des yeux qui semblaient lui sortir de la tête ; enfin, il parut revenir un peu à lui, il saisit une plume, et après quelques hésitations, le regard ébahi et vide, il remplit et signa un bon de cinquante mille francs, et le tendit a Dupin par-dessus la table. Ce dernier l'examina soigneusement, et le serra dans son portefeuille ; puis ouvrant un pupitre, il en tira une lettre et la donna au préfet. Notre fonctionnaire l'agrippa dans une parfaite agonie de joie, l'ouvrit d'une main tremblante, jeta un coup d'œil sur son contenu, puis attrapant précipitamment la porte, se rua sans plus de cérémonie hors de la chambre et de la maison, sans avoir prononcé une syllabe depuis le moment où Dupin l'avait prié de remplir le mandat.

Quand il fut parti, mon ami entra dans quelques explications.

– La police parisienne, dit-il, est excessivement habile dans son métier. Ses agents sont persévérants, ingénieux, rusés, et possèdent à fond toutes les connaissances que requièrent spécialement leurs fonctions. Aussi, quand G... nous détaillait son mode de perquisition dans l'hôtel D..., j'avais une entière confiance dans ses talents, et j'étais sûr qu'il avait fait une investigation pleinement suffisante, dans le cercle de sa spécialité.

– Dans le cercle de sa spécialité ? dis-je.

– Oui, dit Dupin ; les mesures adoptées n'étaient pas seulement les meilleures dans l'espèce, elles furent aussi poussées à une absolue perfection. Si la lettre avait été cachée dans le rayon de leur investigation, ces gaillards l'auraient trouvée, cela ne fait pas pour moi l'ombre d'un doute.

Je me contentai de rire ; mais Dupin semblait avoir dit cela fort sérieusement.

– Donc, les mesures, continua-t-il, étaient bonnes dans l'espèce et admirablement exécutées ; elles avaient pour défaut d'être inapplicables au cas et à l'homme en question. Il y a tout un ordre de moyens singulièrement ingénieux qui sont pour le préfet une sorte de lit de Procuste, sur lequel il adapte et garrotte tous ses plans. Mais il erre sans cesse par trop de profondeur ou par trop de superficialité pour le cas en question, et plus d'un écolier raisonnerait mieux que lui.

« J'ai connu un enfant de huit ans, dont l'infaillibilité au jeu de pair ou impair faisait l'admiration universelle. Ce jeu est simple, on y joue avec des billes. L'un des joueurs tient dans sa main un certain nombre de ses billes, et demande à l'autre : Pair ou non ? Si celui-ci devine juste, il gagne une bille ; s'il se trompe, il en perd une. L'enfant dont je parle gagnait toutes les billes de l'école. Naturellement, il avait un mode de divination, lequel consistait dans la simple observation et dans l'appréciation de la finesse de ses adversaires. Supposons que son adversaire soit un parfait nigaud, et levant sa main fermée, lui demande : pair ou impair ? Notre écolier répond : impair, et il a perdu. Mais à la seconde épreuve, il gagne, car il se dit en lui-même : le niais avait mis pair la première fois, et toute sa ruse ne va qu'à lui faire mettre impair à la seconde ; je dirai donc : impair ; il dit impair, et il gagne.

« Maintenant, avec un adversaire un peu moins simple, il aurait raisonné ainsi : ce garçon voit que, dans le premier cas, j'ai dit impair, et, dans le second, il se proposera, c'est la première idée qui se présentera à lui, une simple variation de pair à impair comme a fait le premier bêta ; mais une seconde réflexion lui dira que c'est là un changement trop simple, et finalement il se décidera à mettre pair comme la première fois. – Je dirai donc pair. Il dit pair, et gagne. Maintenant ce mode de raisonnement de notre écolier, que ses camarades appellent la chance, en dernière analyse, qu'est-ce que c'est ?

– C'est simplement, dis-je, une identification de l'intellect de notre raisonneur avec celui de son adversaire.

– C'est cela même, dit Dupin ; et quand je demandai à ce petit garçon par quel moyen il effectuait cette parfaite identification qui faisait tout son succès, il me fit la réponse suivante :

« Quand je veux savoir jusqu'à quel point quelqu'un est circonspect ou stupide, jusqu'à quel point il est bon ou méchant, ou quelles sont actuellement ses pensées, je compose mon visage d'après le sien, aussi exactement que possible, et j'attends alors pour savoir quels pensers ou quels sentiments naîtront dans mon esprit ou dans mon cœur, comme pour s'appareiller et correspondre avec ma physionomie. »

« Cette réponse de l'écolier enfonce de beaucoup toute la profondeur sophistique attribuée à La Rochefoucauld, à La Bruyère, à Machiavel et à Campanella.

– Et l'identification de l'intellect du raisonneur avec celui de son adversaire dépend, si je vous comprends bien, de l'exactitude avec laquelle l'intellect de l'adversaire est apprécié.

– Pour la valeur pratique, c'est en effet la condition, répliqua Dupin, et si le préfet et toute sa bande se sont trompés si souvent, c'est, d'abord, faute de cette identification, en second lieu, par une appréciation inexacte, ou plutôt par la non-appréciation de l'intelligence avec laquelle ils se mesurent. Ils ne voient que leurs propres idées ingénieuses ; et, quand ils cherchent quelque chose de caché, ils ne pensent qu'aux moyens dont ils se seraient servis pour le cacher. Ils ont fortement raison en cela que leur propre ingéniosité est une représentation fidèle de celle de la foule ; mais quand il se trouve un malfaiteur particulier dont la finesse diffère, en espèce, de la leur, ce malfaiteur, naturellement, les *roule*.

« Cela ne manque jamais quand son astuce est au-dessus de la leur, et cela arrive très fréquemment même quand elle est au-dessous. Ils ne varient pas leur système d'investigation ; tout au plus, quand ils sont incités par quelque cas insolite, par quelque récompense extraordinaire, ils exagèrent et poussent à outrance leurs vieilles routines ; mais ils ne changent rien à leurs principes.

« Dans le cas de D..., par exemple, qu'a-t-on fait pour changer le système d'opération ? Qu'est-ce que c'est que toutes ces perforations, ces fouilles, ces sondes, cet examen au microscope, cette division des surfaces en pouces carrés numérotés, – qu'est-ce que tout cela, si ce n'est l'exagération, dans son application, d'un des principes ou de plusieurs principes d'investigation, qui sont basés sur un ordre d'idées relatif à l'ingéniosité humaine, et dont le préfet a pris l'habitude dans la longue routine de ses fonctions ?

« Ne voyez-vous pas qu'il considère comme chose démontrée que *tous* les hommes qui veulent cacher une lettre se servent, si ce n'est précisément d'un trou fait à la vrille dans le pied d'une chaise, au moins de quelque trou, de quelque coin tout à fait singulier dont ils ont puisé l'invention dans le même registre d'idées que le trou fait avec une vrille ?

Et ne voyez-vous pas aussi que des cachettes aussi *originales* ne sont employées que dans des occasions ordinaires, et ne sont adoptées que par des intelligences ordinaires ; car dans tous les cas d'objets cachés, cette manière ambitieuse et torturée de cacher l'objet est, dans le principe, présumable et présumée ; ainsi, la découverte ne dépend nullement de la perspicacité, mais simplement du soin, de la patience et de la résolution des chercheurs. Mais, quand le cas est important, ou, ce qui revient au même aux yeux de la police, quand la récompense est considérable, on voit toutes ces belles qualités échouer infailliblement. Vous comprenez maintenant ce que je voulais dire en affirmant que, si la lettre volée avait été cachée dans le rayon de la perquisition de notre préfet, en d'autres termes, si le principe inspirateur de la cachette avait été compris dans les principes du préfet, il l'eût infailliblement découverte. Cependant, ce fonctionnaire a été complètement mystifié ; et la cause première, originelle, de sa défaite, gît dans la supposition que le ministre est un fou, parce qu'il s'est fait une réputation de poète. Tous les fous sont poètes, c'est la manière de voir du préfet, et il n'est coupable que d'une fausse distribution du terme moyen, en inférant de là que tous les poètes sont fous.

— Mais est-ce vraiment le poète ? demandai-je. Je sais qu'ils sont deux frères, et ils se sont fait tous deux une réputation dans les lettres. Le ministre, je crois, a écrit un livre fort remarquable sur le calcul différentiel et intégral. Il est le mathématicien, et non pas le poète.

— Vous vous trompez ; je le connais fort bien ; il est poète et mathématicien. Comme poète *et* mathématicien, il a dû raisonner juste ; comme simple mathématicien, il n'aurait pas raisonné du tout, et se serait ainsi mis à la merci du préfet.

– Une pareille opinion, dis-je, est faite pour m'étonner ; elle est démentie par la voix du monde entier. Vous n'avez pas l'intention de mettre à néant l'idée mûrie par plusieurs siècles. La raison mathématique est depuis longtemps regardée comme la raison *par excellence*.

– *Il y a à parier*, – répliqua Dupin, en citant Chamfort, – *que toute idée publique, toute convention reçue est une sottise, car elle a convenu au plus grand nombre*. Les mathématiciens, je vous accorde cela, ont fait de leur mieux pour propager l'erreur populaire dont vous parlez, et qui, bien qu'elle ait été propagée comme vérité, n'en est pas moins une parfaite erreur. Par exemple, ils nous ont, avec un art digne d'une meilleure cause, accoutumés à appliquer le terme *analyse* aux opérations algébriques. Les Français sont les premiers coupables de cette tricherie scientifique ; mais, si l'on reconnaît que les termes de la langue ont une réelle importance, si les mots tirent leur valeur de leur application, oh ! alors, je concède qu'*analyse* traduit *algèbre*, à peu près comme en latin *ambitus* signifie *ambition* ; *religio*, religion ; ou *hommes honesti*, la classe des gens honorables.

– Je vois, dis-je, que vous allez vous faire une querelle avec un bon nombre d'algébristes de Paris ; mais continuez.

– Je conteste la validité, et conséquemment les résultats d'une raison cultivée par tout procédé spécial autre que la logique abstraite. Je conteste particulièrement le raisonnement tiré de l'étude des mathématiques. Les mathématiques sont la science des formes et des quantités ; le raisonnement mathématique n'est autre que la simple logique appliquée à la forme et à la quantité. La grande erreur consiste à supposer que les vérités qu'on nomme *purement* algébriques sont des vérités abstraites ou générales. Et cette erreur est si énorme que je suis émerveillé de l'unanimité avec laquelle elle est accueillie. Les axiomes mathématiques ne sont pas des axiomes d'une vérité générale. Ce qui est vrai d'un rapport de forme ou de quantité est souvent une grossière erreur relativement à la morale, par exemple. Dans cette dernière science il est très communément faux que la somme des fractions soit égale au tout. De même en chimie, l'axiome a tort. Dans l'appréciation d'une force motrice, il a également tort ; car deux moteurs, chacun étant d'une puissance donnée, n'ont pas, nécessairement, quand ils sont associés, une puissance égale à la somme de leurs puissances prises séparément. Il y a une foule d'autres vérités mathématiques qui ne sont des vérités que dans des limites de *rapport*. Mais le mathématicien argumente incorrigiblement d'après ses *vérités finies*, comme si elles étaient d'une application générale et absolue, – valeur que d'ailleurs le monde leur attribue. Bryant, dans sa très remarquable *Mythologie*, mentionne une source analogue d'erreurs, quand il dit que, bien que personne ne croie aux fables du paganisme, cependant nous nous oublions nous-mêmes sans cesse au point d'en tirer des déductions, comme si elles étaient des réalités vivantes. Il y a d'ailleurs chez nos algébristes, qui sont eux-mêmes des païens, de certaines fables païennes auxquelles on ajoute foi, et dont on a tiré des conséquences, non pas tant par une absence de mémoire que par un incompréhensible trouble du cerveau. Bref, je n'ai jamais rencontré de pur mathématicien en qui on pût avoir confiance en dehors de ses racines et de ses équations ; je n'en ai pas connu un seul qui ne tînt pas clandestinement pour article de foi que $x^2 + px$ est absolument et inconditionnellement égal à $q$. Dites à l'un de ces messieurs, en manière d'expérience, si cela vous amuse, que vous croyez à la possibilité de cas où $x^2 + px$ ne serait pas absolument égal à $q$, et quand vous lui aurez fait comprendre ce que vous voulez dire, mettez-vous hors de sa portée et le plus lestement possible ; car, sans aucun doute, il essaiera de vous assommer.

« Je veux dire, continua Dupin, pendant que je me contentais de rire de ses dernières observations, que si le ministre n'avait été qu'un mathématicien, le préfet n'aurait pas été dans la nécessité de me souscrire ce billet. Je le connaissais pour un mathématicien et un poète, et j'avais pris mes mesures en raison de sa capacité, et en tenant compte des circonstances où il se trouvait placé. Je savais que c'était un homme de cour et un intrigant déterminé. Je réfléchis qu'un pareil homme devait indubitablement être au courant des pratiques de la police. Évidemment, il devait avoir prévu, et l'événement l'a prouvé, les guet-apens qui lui ont été préparés. Je me dis qu'il avait prévu les perquisitions secrètes dans son hôtel. Ces fréquentes absences nocturnes que notre bon préfet avait saluées comme des adjuvants positifs de son futur succès, je les regardais simplement comme des ruses, pour faciliter les libres recherches de la police et lui persuader plus facilement que la lettre n'était pas dans l'hôtel. Je sentais aussi que toute la série d'idées relatives aux principes invariables de l'action policière dans les cas de perquisition, idées que je vous expliquais tout à l'heure, non sans quelque peine, je sentais, dis-je, que toute cette série d'idées avait dû nécessairement se dérouler dans l'esprit du ministre.

« Cela devait impérativement le conduire à dédaigner toutes les cachettes vulgaires. Cet homme-là ne pouvait pas être assez faible pour ne pas deviner que la cachette la plus compliquée, la plus profonde de son hôtel serait aussi peu secrète qu'une antichambre ou une armoire pour les yeux, les sondes, les vrilles et les microscopes du préfet. Enfin je voyais qu'il avait dû viser nécessairement à la simplicité, s'il n'y avait pas été induit par un goût naturel. Vous vous rappelez sans doute avec quels éclats de rire le préfet accueillit l'idée que j'exprimai dans notre première entrevue, à savoir que si le mystère l'embarrassait si fort, c'était peut-être en raison de son absolue simplicité.

— Oui, dis-je, je me rappelle parfaitement son hilarité. Je croyais vraiment qu'il allait tomber dans des attaques de nerfs.

— Le monde matériel, continua Dupin, est plein d'analogies exactes avec l'immatériel, et c'est ce qui donne une couleur de vérité à ce dogme de rhétorique, qu'une métaphore ou une comparaison peut fortifier un argument aussi bien qu'embellir une description.

« Le principe de la force d'inertie, par exemple, semble identique dans les deux natures, physique et métaphysique ; un gros corps est plus difficilement mis en mouvement qu'un petit, et sa quantité de mouvement est en proportion de cette difficulté ; voilà qui est aussi positif que cette proposition analogue : les intellects d'une vaste capacité, qui sont en même temps plus impétueux, plus constants et plus accidentés dans leur mouvement que ceux d'un degré inférieur, sont ceux qui se meuvent le moins aisément, et qui sont le plus embarrassés d'hésitation quand ils se mettent en marche. Autre exemple : avez-vous jamais remarqué quelles sont les enseignes de boutique qui attirent le plus l'attention ?

– Je n'ai jamais songé à cela, dis-je.

– Il existe, reprit Dupin, un jeu de divination, qu'on joue avec une carte géographique. Un des joueurs prie quelqu'un de deviner un mot donné, – un nom de ville, de rivière, d'État ou d'empire, – enfin un mot quelconque compris dans l'étendue bigarrée et embrouillée de la carte. Une personne novice dans le jeu cherche en général à embarrasser ses adversaires en leur donnant à deviner des noms écrits en caractères imperceptibles ; mais les adeptes du jeu choisissent des mots en gros caractères, qui s'étendent d'un bout de la carte à l'autre. Ces mots-là, comme les enseignes et les affiches à lettres énormes, échappent à l'observateur pour le fait même de leur excessive évidence ; et ici, l'oubli matériel est précisément analogue à l'inattention morale d'un esprit qui laisse échapper les considérations trop palpables, évidentes jusqu'à la banalité et l'importunité. Mais c'est là un cas, à ce qu'il semble, un peu au-dessus ou au-dessous de l'intelligence du préfet. Il n'a jamais cru probable ou possible que le ministre eût déposé sa lettre juste sous le nez du monde entier, comme pour mieux empêcher un individu quelconque de l'apercevoir.

« Mais plus je réfléchissais à l'audacieux, au distinctif et brillant esprit de D..., à ce fait qu'il avait dû toujours avoir le document sous la main, pour en faire immédiatement usage, si besoin était, – et à cet autre fait que, d'après la démonstration décisive fournie par le préfet, ce document n'était pas caché dans les limites d'une perquisition ordinaire et en règle, plus je me sentais convaincu que le ministre pour cacher sa lettre avait eu recours à l'expédient le plus ingénieux du monde, le plus large, qui était de ne pas même essayer de la cacher.

« Pénétré de ces idées, j'ajustai sur mes yeux une paire de lunettes vertes, et je me présentai un beau matin, comme par hasard, à l'hôtel du ministre. Je trouve D... chez lui, bâillant, flânant, musant, et se prétendant accablé d'un suprême ennui. D... est peut-être l'homme le plus réellement énergique qui soit aujourd'hui, mais c'est seulement quand il est sûr de n'être vu de personne.

« Pour n'être pas en reste avec lui, je me plaignis de la faiblesse de mes yeux et de la nécessité de porter des lunettes. Mais derrière ces lunettes j'inspectais soigneusement et minutieusement tout l'appartement, en faisant semblant d'être tout à la conversation de mon hôte.

« Je donnai une attention spéciale à un vaste bureau auprès duquel il était assis, et sur lequel gisaient pêle-mêle des lettres diverses et d'autres papiers, avec un ou deux instruments de musique et quelques livres. Après un long examen, fait à loisir, je n'y vis rien qui pût exciter particulièrement mes soupçons.

« À la longue, mes yeux, en faisant le tour de la chambre, tombèrent sur un misérable porte-cartes, orné de clinquant, et suspendu par un ruban bleu crasseux à un petit bouton de cuivre au-dessus du manteau de la cheminée. Ce porte-cartes, qui avait trois ou quatre compartiments, contenait cinq ou six cartes de visite et une lettre unique. Cette dernière était fortement salie et chiffonnée. Elle était presque déchirée en deux, par le milieu, comme si on avait eu d'abord l'intention de la déchirer entièrement, ainsi qu'on fait d'un objet sans valeur ; mais on avait vraisemblablement changé d'idée. Elle portait un large sceau noir avec le chiffre de D... très en évidence, et était adressée au ministre lui-même. La suscription était d'une écriture de femme très fine. On l'avait jetée négligemment, et même, à ce qu'il semblait, assez dédaigneusement dans l'un des compartiments supérieurs du porte-cartes.

« À peine eus-je jeté un coup d'œil sur cette lettre, que je conclus que c'était celle dont j'étais en quête. Évidemment elle était, par son aspect, absolument différente de celle dont le préfet nous avait lu une description si minutieuse.

Ici, le sceau était large et noir, avec le chiffre de D..., dans l'autre, il était petit et rouge, avec les armes ducales de la famille S... Ici la suscription était d'une écriture menue et féminine ; dans l'autre, l'adresse, portant le nom d'une personne royale, était d'une écriture hardie, décidée et caractérisée ; les deux lettres ne se ressemblaient qu'en un point, la dimension. Mais le caractère excessif de ces différences, fondamentales en somme, la saleté, l'état déplorable du papier, fripé et déchiré, qui contredisaient les véritables habitudes de D..., si méthodiques, et qui dénonçaient l'intention de dérouter un indiscret en lui offrant toutes les apparences d'un document sans valeur, tout cela, en y ajoutant la situation impudente du document mis en plein sous les yeux de tous les visiteurs et concordant ainsi exactement avec mes conclusions antérieures, – tout cela, dis-je, était fait pour corroborer décidément les soupçons de quelqu'un venu avec le parti pris du soupçon.

« Je prolongeai ma visite aussi longtemps que possible, et, tout en soutenant une discussion très vive avec le ministre sur un point que je savais être pour lui d'un intérêt toujours nouveau, je gardais invariablement mon attention braquée sur la lettre. Tout en faisant cet examen, je réfléchissais sur son aspect extérieur et sur la manière dont elle était arrangée dans le porte-cartes, et à la longue je tombai sur une découverte qui mit à néant le léger doute qui pouvait me rester encore. En analysant les bords du papier, je remarquai qu'ils étaient plus éraillés que *nature*. Ils présentaient l'aspect cassé d'un papier dur, qui, ayant été plié et foulé par le couteau à papier, a été replié dans le sens inverse mais dans les mêmes plis qui constituaient sa forme première. Cette découverte me suffisait. Il était clair pour moi que la lettre avait été retournée comme un gant, repliée et recachetée. Je souhaitai le bonjour au ministre, et je pris soudainement congé de lui, en oubliant une tabatière en or sur son bureau.

« Le matin suivant, je vins pour chercher ma tabatière, et nous reprîmes très vivement la conversation de la veille. Mais, pendant que la discussion s'engageait, une détonation très forte, comme un coup de pistolet, se fit entendre sous les fenêtres de l'hôtel, et fut suivie des cris et des vociférations d'une foule épouvantée. D... se précipita vers une fenêtre, l'ouvrit, et regarda dans la rue. En même temps, j'allai droit au porte-cartes, je pris la lettre, je la mis dans ma poche, et je la remplaçai par une autre, une espèce de *facsimilé* (quant à l'extérieur) que j'avais soigneusement préparé chez moi, – en contrefaisant le chiffre de D... à l'aide d'un sceau de mie de pain.

« Le tumulte de la rue avait été causé par le caprice insensé d'un homme armé d'un fusil. Il avait déchargé son arme au milieu d'une foule de femmes et d'enfants. Mais comme elle n'était pas chargée à balle, on prit ce drôle pour un lunatique ou un ivrogne, et on lui permit de continuer son chemin. Quand il fut parti, D... se retira de la fenêtre, où je l'avais suivi immédiatement après m'être assuré de la précieuse lettre. Peu d'instants après, je lui dis adieu. Le prétendu fou était un homme payé par moi.

– Mais quel était votre but, demandai-je à mon ami, en remplaçant la lettre par une contrefaçon ? N'eût-il pas été plus simple, dès votre première visite, de vous en emparer, sans autres précautions, et de vous en aller ?

– D..., répliqua Dupin, est capable de tout, et, de plus, c'est un homme solide. D'ailleurs, il a dans son hôtel des serviteurs à sa dévotion. Si j'avais fait l'extravagante tentative dont vous parlez, je ne serais pas sorti vivant de chez lui. Le bon peuple de Paris n'aurait plus entendu parler de moi. Mais, à part ces considérations j'avais un but particulier. Vous connaissez mes sympathies politiques. Dans cette affaire j'agis comme partisan de la dame en question. Voilà dix-huit mois que le ministre la tient en son pouvoir. C'est elle maintenant qui le tient, puisqu'il ignore que la lettre n'est plus chez lui, et qu'il va vouloir procéder à son chantage habituel. Il va donc infailliblement opérer lui-même et du premier coup sa ruine politique. Sa chute ne sera pas moins précipitée que ridicule. On parle fort lestement du *facilis descensus Averni* ; mais en matière d'escalades, on peut dire ce que la Catalani disait du chant : il est plus facile de monter que de descendre. Dans le cas présent, je n'ai aucune sympathie, – pas même de pitié pour celui qui va descendre. D..., c'est le vrai *monstrum horrendum*, – un homme de génie sans principes. Je vous avoue, cependant, que je ne serais pas fâché de connaître le caractère exact de ses pensées, quand, mis au défi par celle que le préfet appelle *une certaine personne*, il serait réduit à ouvrir la lettre que j'ai laissée pour lui dans son porte-cartes.

– Comment ! est-ce que vous y avez mis quelque chose de particulier ?

– Eh mais ! il ne m'a pas semblé tout à fait convenable de laisser l'intérieur en blanc, cela aurait eu l'air d'une insulte. Une fois, à Vienne, D... m'a joué un vilain tour, et je lui dis d'un ton tout à fait gai que je m'en souviendrais. Aussi, comme je savais qu'il éprouverait une certaine curiosité relativement à la personne par qui il se trouvait joué, je pensai que ce serait vraiment dommage de ne pas lui laisser un indice quelconque. Il connaît fort bien mon écriture, et j'ai copié tout au beau milieu de la page blanche ces mots :

.......... *Un dessein si funeste,*
*S'il n'est digne d'Atrée, est digne de Thyeste.*

Vous trouverez cela dans l'*Atrée* de Crébillon.

# Edgar Allan Poe
## L'auteur

**Edgar Allan Poe** est né à Boston, le 19 janvier 1809, dans une famille de comédiens. À la mort de ses parents – il n'a que deux ans –, il est adopté par une riche famille de négociants. Il fait ses études à Londres de 1816 à 1825, puis rentre à Richmond où il écrit ses premiers poèmes. Il a seize ans. Quatre ans plus tard, il entre à l'Académie militaire de West Point.

En 1836, Edgar Allan Poe se marie. Il écrit énormément. Parallèlement, il devient critique, éditorialiste, conteur et poète au *Southern Literary Messenger*, magazine dont il fait rapidement monter le tirage. Pourtant, il en est congédié pour éthylisme.

En 1844, après la parution du *Scarabée d'or*, qui connaît un immense succès populaire, il décide de s'installer à New York et commence à écrire les *Contes* qui vont le rendre célèbres, et les publie dans de nombreux journaux. La mort de sa femme va lui inspirer ses histoires les plus cruelles (*Le Masque de la mort rouge*, *Le Chat noir*, *Le Puits et le pendule*).

Durant les dernières années de sa vie, il compose certains de ses plus beaux poèmes, comme *Ulalume*, *Les Cloches*.

Il meurt à Baltimore en 1849.

Écrivain de renommée universelle, Edgar Allan Poe a été connu en France très tôt, grâce aux traductions que Charles Baudelaire a faites de ses œuvres, notamment celle des *Histoires extraordinaires*.

# Nicole Claveloux
## L'illustratrice

**Nicole Claveloux**, l'une des plus grandes illustratrices françaises, est née en 1940 à Saint-Étienne, où elle suivra les cours de l'école des beaux-arts. Dès 1966, ses images sont publiées par des magazines et des revues. Elle travaille ensuite pour la publicité, en association avec Bernard Bonhomme. Ensemble, ils illustrent plusieurs albums dont *L'oiseau qui radote* (1971). En 1973, Nicole Claveloux décide d'abandonner la publicité pour renouer avec le plaisir d'une image moins contrainte en se consacrant à l'illustration, à la bande dessinée et à la peinture. Les albums novateurs des débuts, fruits de la rencontre avec Harlin Quist et François Ruy-Vidal seront suivis d'une centaine de livres remarquables, parmi lesquels *Les Aventures d'Alice au Pays des merveilles* (Grasset, 1974), *Grabote* (Bayard Presse, 1981), *Les animaux qui nous font peur* (Gallimard, 1986) *Dedans les gens* (Le Sourire qui mord, 1993)... depuis 1973, ses bandes dessinées réjouissent, chaque quinzaine, les lecteurs d'*Okapi*.